실용 브라질어 표현

BRICs 시대 맞이 영어대조 브라질
비즈니스 포어 연구

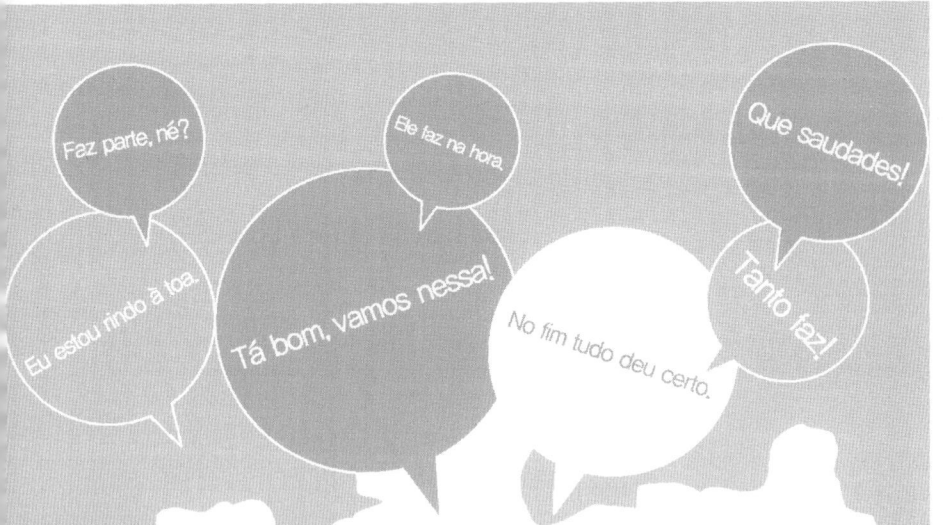

실용 브라질어 표현

BRICs 시대 맞이 영어대조 브라질
비즈니스 포어 연구

김 한 철 지음

KSI 한국학술정보㈜

이 저서는 2005년 정부(교육인적자원부)의 재원으로 한국학술진흥재단의 지원을 받아 수행된 연구임.(KRF - 2005 - 043 - A00069)

2005년 브라질에서 막 박사학위를 받고 귀국했을 때 본인은 브라질과 관련한 활발한 연구를 통해 우리나라의 고급 인적 자원을 브라질에 진출시키는 데 단단히 한몫하리라 다짐하며 의욕적으로 첫 강의를 시작했다. 그동안 실제로 브라질에 대한 관심과 중요성은 더욱 증가하고 있는 상황이나 현지에서는 영어가 잘 통하지 않기에 일상생활은 물론 비즈니스 측면에서 포르투갈어를 잘 구사할 수 있는 인재의 필요성은 현실적인 과제가 되었다. 따라서 일반인에게는 여전히 생소할 수 있는 브라질 포어를 좀 더 친근하게 접하고 인식할 수 있도록 풍부한 자료의 창출이 요구되고 있다.

이에 발맞춰 현지의 생활양식을 이해하고 비즈니스적 요구에 실질적으로 기여할 수 있도록 본 연구는 기획되었다. 그리고 우리나라의 외국어 교육환경 및 세계적 추세를 감안할 때 뗄래야 뗄 수 없는 영어와의 관계 때문에 본서는 포-영 표현의 대조를 통하여 더욱 실질적인 포어의 활용을 이끌어 낼 수 있도록 형식을 갖추고 있다.

포어를 단기간에 익히기란 여간 힘든 일이 아닐 수 없다. 더구나 현지의 사회와 문화를 이해하지 못한 상태라면 학습의 질과 속도가 떨어질 수밖에 없다. 따라서 본문에는 기본적인 문화 및 비즈니스와 관련된 이해를 통해 언어를 접근할 수 있도록 핵심적 요소를 담아 전체적인 내용을 구성하였다.

본서는 일단 초급수준의 포어를 이미 배운 학습자를 타깃으로 중급 이상의 포어 학습을 위한 학생들과 브라질에서의 비즈니스를 위해 포어 사용이 절실한 분들을 대상으로 만들어졌다. 이에 적합하게 대학 교육현장에서의 활용은 물론 브라질 현지에 연수 혹은 사업차 머무르게 될 분들에게 또 하나의 작은 지침서가 될 수 있기를 기대한다.

자료들을 통합하고 정리하여 단행본으로 출간하기 위해 무더운 여름을 더욱 뜨겁게 보낼 수밖에 없었다. 이 지면을 빌려 본 결과물을 만들 수 있도록 기회를 제공해 준 학술진흥재단의 지원에 감사하며 출판을 도와준 한국학술정보㈜에도 감사의 뜻을 전한다. 마지막으로 작업의 마무리를 위해 끝까지 옆에서 함께해 준 아내 이경선에게 무한한 사랑의 마음을 이 책에 담아 전한다.

2008년을 시작하며
저자 김한철

Contents

I 서 론 • 9

II 상황별 문화의 이해 및 표현 • 13

1. 인 사 ··· 13
   1.1. 기본표현 ··· 14
   1.2. 활용표현 ··· 18
2. 호 칭 ··· 19
   2.1. 기본표현 ··· 21
   2.2. 활용표현 ··· 24
3. 대 화 ··· 25
   3.1. 기본표현 ··· 26
   3.2. 활용표현 ··· 30
4. 시간과 약속 ··· 31
   4.1. 기본표현 ··· 32
   4.2. 활용표현 ··· 36

Ⅲ 비즈니스의 이해 및 표현 • 37

1. 비즈니스 모임 ·· 37
   1.1. 기본표현 ··· 39
   1.2. 활용표현 ··· 43
2. 협상 태도와 전략 ·· 45
   2.1. 기본표현 ··· 47
   2.2. 활용표현 ··· 52

Ⅳ 문서작성의 이해 및 표현 • 55

1. e-mail과 편지 ··· 55
   1.1. 서두의 기본표현 ································· 56
   1.2. 본문의 기본표현 ································· 58
   1.3. 결어의 기본표현 ································· 62
2. 계약서 작성 ·· 66
   2.1. 계약서의 유용단어 ······························ 67
   2.2. 계약서의 활용표현 ······························ 68
3. 적합한 문장구성 ·· 70
   3.1. 각 태도 표출에 쓰는 주요표현 ·········· 70
   3.2. 구문 간 연결에 쓰는 주요표현 ·········· 75

Ⅴ 결 론 • 81

참고문헌 • 85

〈부록〉 필수 일반표현 300선 • 89

I 서 론

먼저 포르투갈어(포어)를 쓰는 여러 나라 중에 브라질에서 쓰이는 포어는 다른 지역의 포어와 비교하여 볼 때 여러 차이점을 지니고 있다. 즉 전통적인 포르투갈 포어와 비교하여 볼 때 발음상으로 약간의 차이가 있고 같은 뜻인데 다른 단어를 쓰는 어휘가 조금 있고 문법적으로 약간의 차이, 예를 들면 목적격대명사와 재귀대명사의 전치, 중치, 후치 문제가 있다는 정도로 치부하여 그 범위를 제한하기란 상당히 어려운 일이다. 한마디로 약간의 차이가 있으나 원칙적으로 같은 언어이니 그 차이는 대수롭지 않다고 보는 이들도 있으나 실제로 브라질에서 브라질 사람들은 포르투갈 포어를 스페인어보다도 알아듣기 힘들어 할 정도로 느끼는 이가 다수이니 포르투갈 포어와 브라질 포어의 차이가 미미하다고 보기란 무리가 따르는 일이다.

발음상의 차이는 실제로 가장 겉으로 들어나는 부분이고 실생

활에서 쓰는 단어상의 차이도 상당히 많이 존재하기에 무시하고 넘어가긴 힘들다. 문법적인 차이도 포르투갈에선 기존의 전통문법에 맞는 포어의 사용을 강조하여 브라질식 문법을 틀린 문법으로 간주, 수정하려 하고 있으나 브라질에선 더 쓰기 편하고 간단한 형태로 바꿈으로써 포르투갈 포어의 전통문법에서 벗어나 새로운 문법을 창출해 가고 있다.

사실 브라질 포어는 포르투갈의 포어에 원주민 인디오들의 언어와 노예로 수입되었던 아프리카 흑인들의 언어가 어우러져 새롭게 형성된 더 광대한 언어로 보아야 한다. 이러한 역사적 형성 과정도 애초에 달랐지만 현대에 오며 많은 새로운 유행어, 방언 등이 나타나며 브라질 포어의 변이는 계속 일어나고 있다. 따라서 포어라 하더라도 브라질 포어만 따로 분리하여 집중 연구할 정당성이 존재한다.

현재 브라질 포어를 주목하고 강조하는 것은 국제사회의 흐름에 따른 필연적인 요소로 보아야 할 것이다. 사실 브라질은 항상 미래의 나라, 잠재력을 가진 나라 정도로만 인식되었지 그 미래가 언제 닥칠지에는 아무도 선뜻 답을 내어놓지 못했기에 우리나라도 브라질이란 나라의 중요성을 별로 느끼지 못했던 것이 사실이다. 하지만 현재 브라질은 2003년 골드만삭스 보고서에서 처음 등장한 BRICs(브릭스)라는 신조어와 더불어 세계의 주목을 받으며 BRICs시대란 말의 위력을 실감시키고 있다. 우리나라도 2004년 우리나라 대통령의 브라질 방문과 2005년 브라질 대통령의 방한이 이뤄지며 양국 간에도 그 중요성이 점점 증가되고 있다. 최근에도 우리나라 기업들이 브라질에 지점과 법인을 새로 설립하는 등 그 진출은 점점 더 증가하는 추세이다.

이렇듯 브라질에 대한 관심과 중요성이 높아져 가고 있으나 현지에서는 영어가 잘 통하지 않기에 비즈니스에서도 포어를 잘 구사할 줄 아는 인재의 필요성은 증가하고 있다. 대다수의 한국인들이 사업상 영어는 어느 정도 구사할 줄 안다고 가정했을 때 포어의 표현을 영어와 대조하여 생각할 수 있다면 더욱 실질적인 사용을 이끌 수 있을 것이다. 본 연구는 한국과 브라질 양국 간의 비즈니스적 도움에 실질적으로 조금이나마 기여할 수 있도록 하는 데 목적이 있다.

연구내용은 이론적, 문법적인 포어가 아닌 실용적인 브라질 포어에 대해 초점을 맞추었다. 또한 연구범위는 크게 세 가지 카테고리, 첫째 상황별 문화의 이해 및 표현, 둘째 비즈니스의 이해 및 표현, 셋째 문서작성의 이해 및 표현으로 설정하였다. 기본적으로 우리나라와 브라질 간의 문화적 차이와 그 상황에 대한 정보를 함께 제공하면서 그 상황 및 비즈니스에서 사용되는 유익한 표현들을 영어 표현과 함께 제시하여 한국인 학습자가 더 잘 이해하도록 구성하였다.

II 상황별 문화의 이해 및 표현[1)

1. 인 사

브라질에서는 아브라쑤(Abraço)와 베이징유(Beijinho)라는 인사를 통해 어색함을 느끼지 않고 바로 친근함을 느낄 수 있다. 아브라쑤라 함은 곧 따뜻하게 포옹해 주는 것이고 베이징유는 남녀 간이나 여자끼리 하는 인사로 만나거나 헤어질 때 서로의 뺨 양쪽에 가벼운 키스를 하며 쪽쪽 소리를 내는 표현방식이다. 남녀 중 한쪽이 미혼이면 결혼의 행운을 바라는 의미에서 세 번 하기도 한다. 반면 남자끼리는 강하게 악수하며 서로의 어깨를 두드려 주는 방식이 일반적이다. 이처럼 브라질 사람들은 인사에서

---

1) 이 장은 이승덕(2006), 비지니스매뉴얼(2006)에서 본 저자가 집필한 내용중에서 일부를 재인용하였다.

부터 상대방이 반가워할 정도로 기분 좋은 느낌을 전해 준다. 브라질들은 어느 나라보다 신체접촉을 좋아하고 많이 하는 편인데 이러한 문화는 곧 상대방에 대한 관심의 표현이며 친밀함을 확인하는 것이다.

만났을 때 일반적으로 던지는 말로 '안녕'이란 의미의 '오이(Oi)', '올라(Olá)'와 '뚜두봉?'(Tudo bom?), '뚜두벵?'(Tudo bem?)이 있다. 이는 '모든 일이 잘 돌아가느냐'의 의미로 상대방의 대답도 역시 같다. 브라질 사람들의 낙천적인 면을 우회적으로 설명해 주는 말로서 아무리 어렵게 살아가더라도 긍정적인 사고로 만사에 대처하는 이들의 생활양식이 깊게 배어 있는 말이다.

한편 브라질 사람들은 헤어질 때 가장 일반적으로 사용하는 '챠우(Tchau)' 외에도 내일 보자는 의미의 '아떼아마냥'(Até amanhã)을 많이 사용하는데 이는 특히 공사 간의 업무나 약속에서 습관화되어 있다. 이는 상황에 따라서 브라질 사람들의 여유와 느긋함이 깊이 배어 있는 말로 오늘 내에 일을 다 마치지 않고 적당히 넘어가려는 의미로도 해석된다.

1.1. 기본표현

인사와 관련하여 가장 대표적인 활용표현을 영어와 대조하여 아래에 제시하였고 그 표현과 결부되어 알아두면 유용한 설명을 첨가하였다.

1) (한) 안녕, 잘 지내요?
    (포) Oi. Tudo bom?/Tudo bem?
    (영) Hi. How are you?/How are you doing?

형태가 두 가지인데 bom은 형용사이고 bem은 부사이다. 인사말에서는 어떤 쪽으로 쓰든 상관없다. 또한 '너와 함께'라는 의미의 contigo나 com você를 뒤에 붙여 Tudo bom contigo? 혹은 Tudo bom com você?와 같이 말하기도 한다. 혹은 영어의 How are you?의 형태를 그대로 번역한 Como (é que) está?나 Como (é que) vai?로 인사말을 대신하기도 한다. 요즘 브라질 젊은이들은 영어의 What's up?에 해당하는 E aí?를 앞에 넣어 E aí, Paulo? Tudo bem?식의 인사형태를 많이 볼 수 있다.

2) (한) 만나서 반갑습니다.
    (포) Muito prazer.
    (영) Nice to meet you.

Muito prazer를 직역하면 '많은 기쁨'이다. 영어의 to meet you에 해당하는 em conhecer você나 em conhecê-lo는 상황상 당연한 말이므로 생략하고 쓰는 경우가 많다.

3) (한) 안녕, 난 보라예요.
    (포) Oi, eu sou Bora.
    (영) Hi, I'm Bora.

ser(영어의 be동사, ~이다) 동사의 1인칭 단수형 sou를 쓰면 '나는 ~이다'라는 의미가 이미 형성되므로 인칭대명사 eu는 의미상 쓰지 않아도 된다. 하지만 브라질에서는 회화 시 인칭대명사를 생략하지 않고 그대로 쓰는 편이다.

4) (한) 내가 당신을 어디서 보지 않았나요?
   (포) Não conheço você de algum lugar?
   (영) Don't I know you?

누군가를 만났을 때 초면이 아닌 것 같은 경우에 쓸 수 있는 말이다. conhecer는 '알다'라는 의미, 즉 어떤 것에 익숙하거나 경험으로 잘 아는 것을 뜻한다. saber 동사와의 관련성 등 부연 설명은 2.1.2)의 예에서 찾아볼 수 있다.

5) (한) 이미 당신에 대해 많이 들었습니다.
   (포) Já ouvi falar muito de você.
   (영) I've heard a lot about you.

ouvi는 ouvir(듣다) 동사의 1인칭 단수 완전과거형이다. 포어에서는 영어만큼 완료형을 많이 사용하지 않는다. Já는 영어의 already에 해당하고 여기서 muito는 위의 1.1.2)예에서 쓰인 형용사 '많은'의 의미가 아니라 부사로 '매우'의 의미를 가진다. 전치사 de는 영어의 of나 from의 의미로 훨씬 많이 쓰이지만 about의 의미로도 쓰인다는 점을 알아야 한다.

6) (한) 오랜만이군요!
   (포) Quanto tempo!
   (영) Long time no see!

Quanto는 영어로 how much나 how many에 해당하는 말이다. 오랜만이라는 Quanto tempo!는 Faz(Há) quanto tempo que não vejo você(당신을 보지 못한지도 오랜 시간이 흘렀다)라는 의미를 표현한다.

7) (한) 당신을 보게 되어 좋습니다.
   (포) Que bom ver você!
   (영) It's so good to see you!

Que bom!은 estar(영어의 be동사, 상태표현)로 쓰는 está bom (우리나라에서 이미 하나의 표현으로 굳어진 '따봉')을 감탄문 형식으로 쓴 것으로 이어서 동사원형을 써주면 된다.

8) (한) 난 결혼해서 아들이 한 명 있어요.
   (포) Sou casado(a). Tenho um filho.
   (영) I'm married. I have a son.

자신이 결혼한 사람이면 남자는 casado, 여자는 casada라고 해야 하며 미혼인 경우는 solteiro(a)를 쓰도록 한다.

9) (한) 당신은 하나도 안 변했군요.
   (포) Você não mudou nada.
   (영) You haven't changed a bit.

일반적으로 '변하다'의 의미로는 mudar동사를 사용하며 tudo (모든 것)의 반대 의미로 부정문에서는 nada(없음, 아무것도 아 닌, 전혀 아닌)를 사용한다.

10) (한) 내일 봅시다. / 다음에 또 봅시다.
    (포) Até amanhã. / Até (mais).
    (영) See you tomorrow. / See you (later).

até는 영어의 until에 해당하는 말이지만 헤어지는 상황에서는 see you의 의미로 언제 '보자'는 의미로 사용된다. 그래서 곧 또 보자는 See yoou soon의 의미로는 Até já를 사용한다. 그 밖에도 Até o domingo(일요일에 보자), Até a semana que vem(다음 주에 보자), Até a próxima(다음번에 보자), Até lá(그때 보자) 등으로 응용하여 사용하면 된다.

1.2. 활용표현

1) (한) 그래, 뭐하고 지냈어요?
   (포) Então, o que você anda fazendo?
   (영) So, what have you been doing?

2) (한) 당신은 여전히 상파울루에 사나요?
   (포) Você ainda mora em São Paulo?
   (영) Are you still living in São Paulo?

3) (한) 당신은 항상 좋아 보입니다.
   (포) Você está sempre bem.
   (영) You always look good.

4) (한) 일들은 어때요?
   (포) Como vão as coisas?
   (영) How's everything?

5) (한) 지금 뭐하고 있어요?
   (포) O que você está fazendo agora?
   (영) What are you doing now?

2. 호 칭

브라질에서는 일반적으로 상대방을 부를 때 이름을 안다면 호칭보다 이름을 부르는 것이 일반적이다. 실제로 어떤 직책이 있더라도 그냥 친근하게 이름만 부르기도 한다. 또한 이름을 부를 때는 가령 주제(José)는 제(Zé), 하파엘(Rafael)은 하파(Rafa), 가브리엘라(Gabriela)는 가비(Gabi), 빠뜨리시아(Patrícia)는 빠치(Pati) 등과 같이 이름을 줄여서 애칭으로 부른다. 이름이 아니라 그 사람의 특징을 따서 별명으로 부르는 경우도 허다하다. 예를 들면 키 작은 사람은 꼬마란 의미로 바이싱유(Baixinho)를 쓰는데 실제로 이는 90년대 축구 영웅이었던 호마리우(Romário)의 실제 별명이기도 하다. 그 외에도 술주정뱅이는 베바두(Bêbado), 뚱뚱한 사람은 고르징유(Gordinho) 등으로 부른다. 또한 부모가 자식을 부를 때는 아들, 딸의 의미인 '필류/필랴'(filho/filha)로 부르는 것을 많이 접할 수 있다. 또 식당이나 술집 등에서 종업원을 부를 땐 아저씨, 아가씨의 의미로 '모쑤/모싸'(moço/moça)를 자주 사용한다.

한편 인칭대명사로 '당신'이나 '너'의 의미로 상대방을 부를 때는 '보쎄'(você)가 남녀노소, 지역에 상관없이 아주 광범위하게 사용된다. 또한 실제 포르투갈어에서 2인칭 '너'라는 의미의 '뚜'(tu)는 유럽이민자가 많았던 브라질 남부에서 특히 히우그란지두술(Rio Grande do Sul) 주에서는 친근감을 유지하기 위하여 여전히 '보쎄' 대신 '뚜'를 많이 사용하고 있다.

하지만 비즈니스적인 관점에서 봤을 때는 주의할 점이 있다. 비즈니스에서는 존경심을 표현하며 상대방을 인정해 주는 것도 매우 중요하기에 예의를 갖춰 상대를 부를 때는 직책을 사용한다. 예를 들어 박사나 박사가 아니라도 권위 있는 사람의 경우는 남녀에 따라 '도우또르/도우또라'(Doutor/Doutora)라는 호칭을 사용한다. 또한 잘 모르거나 나이가 많은 사람의 경우엔 '세뇨르/세뇨라'(Senhor/Senhora)처럼 격식을 갖춰 부르면 되고 결혼한 여성에게는 '도나'(Dona) 뒤에 성을 붙여 '~부인'으로 부르면 무난하다.

2.1. 기본표현

호칭과 관련된 대표적인 활용표현을 영어와 대조하여 여기에 제시하였고 그 표현과 결부되어 알아두면 유용한 설명을 첨가하였으며 더불어 제2언어를 학습하는 학습자 입장에서, 또 브라질 포어를 학습하는 학습자의 입장에서 알아두어야 할 개념도 살펴보고자 한다.

> 1) (한) 이름이 뭡니까?
> (포) Qual é o seu nome?
> (영) What's your name?

영어의 what이 포어에서는 '무엇'이란 의미로는 o que로, '어떤'이란 의미로 쓰일 때는 que나 qual로 쓰이게 되는데 이름을 물어볼 때는 o que를 사용하지 않고 qual을 사용한다. 우리가 '이름이 어떻게 됩니까?'라고도 말하듯 '어떻게'에 해당하는 como를 사용하여 Como é o seu nome?라고 물어도 된다.

> 2) (한) 당신은 김 박사를 압니까?
> (포) Você conhece o doutor Kim?
> (영) Do you know doctor Kim?

영어의 know 동사가 포어로는 saber와 conhecer 동사로 구분되어 쓰인다. 이러한 부분은 제2언어를 습득하는 데 있어 어려움의 단계를 다섯 가지 범주로 구분한 Stockwell, Bowen &

Martin(1965a, 1965b)의 언어비교에 대한 복잡성의 인식에 대한 연구에서 다루어진 바 있다. 이 연구의 틀에서 가장 어려운 단계는 '차별화'가 있는 범주로 모국어에는 하나의 형태가 있지만 목표어에는 두 가지 형태가 있는 경우로 예를 들면 한국어의 '알다', 영어의 know가 포어에서는 사실을 아는 것, 어떠한 것에 대한 지식을 아는 것, 어떤 것을 하는 방법을 아는 의미의 saber와 어떤 것에 익숙하거나 경험으로 잘 아는 것을 뜻하는 conhecer와 같이 두 가지로 나뉜다(김한철, 2006: 33). 따라서 그 사람에 대하여 아느냐는 의미엔 conhecer 동사를 사용하여야 한다. 또한 의문문에서도 포어의 구문은 영어와는 달리 평서문과 같은 형태로 쓰임을 확인할 수 있다. 즉 단지 억양을 올려줌으로써 의문문이 된다.

> 3) (한) 줄리아나, 저기 내 친구에게 인사하러 갈게.
>   (포) Juliana(Jú), vou dar um oi para meu amigo ali.
>   (영) Juliana, I'm going to say hi to a friend of mine over there.

이름을 부를 때는 애칭이 많이 사용된다. 또 영어의 'I'm going to+동사원형' 형태의 표현이 포어에서는 미래를 나타내는 형태로 본동사 앞에서 조동사처럼 쓰이는 ir 동사의 1인칭 'vou+동사원형' 형태로 간단히 표현된다.

> 4) (한) 너 페르난다 아니니?
>   (포) Você não é Fernanda(Nanda)?
>   (영) Aren't you Fernanda?

영어를 모국어나 제2언어로서 이미 습득한 포어의 학습자가 초반에 범하는 오류 중에 한 가지가 não이라는 부정부사를 동사 뒤에 쓰는 것이다. 하지만 영어에서 I am not, You are not처럼 not이 동사의 뒤에 쓰이나 포어에서는 Eu não sou, Você não é처럼 não이 동사 앞에 쓰인다는 점에 주의하여야 한다.

> 5) (한) 히까르두 씨가 이미 나에게 당신에 대해 많이 말해줬습니다.
> (포) O Sr. Ricardo já me falou muito sobre você.
> (영) Mr. Ricardo has told me a lot about you.

'나에게'에 해당하는 me의 형태는 포어나 영어나 같다. 하지만 목적격대명사의 위치는 다르다. 포어의 전통문법에 따르면 목적격대명사는 동사 뒤에 hifen(-)으로 연결하여 쓴다. 그러나 부정문, 의문사가 있는 의문문, 종속절, ainda, até, já, só, também 등의 부사가 동사 앞에 올 경우 혹은 algum, alguém, outro 등의 부정대명사가 올 경우에는 동사 앞에 위치한다. 이러한 전통문법을 따를 경우 우리는 분철하여 쓰는 법 등 다른 많은 규칙을 알아야만 한다. 하지만 현대 브라질 포어에서는 목적격대명사를 항상 본동사 앞에 사용하므로 영어와 달리 포어는 동사 앞에 사용한다고 개념을 잡는 것이 좋겠다.

2.2. 활용표현

1) (한) 가브리엘라는 어떻게 지내니?
   (포) Como está a Gabriela(Gabi)?
   (영) How's Gabriela?

2) (한) 넌 다니엘과 함께 일하지 않니?
   (포) Você não trabalha com o Daniel(Dani)?
   (영) Don't you work with Daniel?

3) (한) 레치시아는 아주 예쁘고 괜찮다.
   (포) A Letícia(Lé) é muito linda e legal.
   (영) Letícia is really beautiful and cool.

4) (한) 하파엘은 다른 사람을 괴롭히지 않는다.
   (포) O Rafael(Rafa) fica na sua.
   (영) Rafael doesn't bother anyone.

5) (한) 난 빠뜨리시아와 가끔 커피를 마신다.
   (포) Eu tomo café com a Patrícia(Pati) às vezes.
   (영) I sometimes have coffee with Patrícia.

3. 대 화

대화를 시작할 때는 날씨 등의 가벼운 주제는 물론 브라질 사람들의 대다수가 관심을 갖고 있는 그들의 축구 리그에 대한 얘기를 하며 분위기를 이끄는 것이 자연스럽다. 더구나 자녀문제나 애인문제 등에 관심을 보이면 대화는 더욱 친밀해질 것이다. 하지만 인종 관련 얘기나 민감한 계파 간 정치문제, 종교문제 등 특히 그들의 열등의식을 자극하는 주제는 피하는 것이 예의이다. 대화할 때 서로 간의 간격이 브라질에서는 15-30cm, 미국에서는 60cm 이상이라는 말이 있다(최영수, 2004). 그럴 정도로 브라질 사람들은 친절하고 다정한 성품을 가지고 있다. 비즈니스를 할 때도 바로 사업 얘기를 하는 것은 좋지 않고 이러한 얘기들을 곁들이며 친분적인 토대를 충분히 형성한 후에 본론에 들어가는 인내심이 필요하다.

축구의 나라 브라질의 국민들은 남녀노소, 계층에 관계없이 각자 응원하는 팀이 전통적으로 하나씩 있고 대부분은 자신의 지역에 연고를 가지고 있는 팀 중 하나를 좋아하는데 상대가 어떤 팀을 좋아하는지 알게 되면 대화에 좀 더 친숙하게 참여할 수 있다. 대다수의 남자들은 축구 전문가다운 면모를 대화에 유감없이 발휘하고 여자들은 TV 드라마에 대해서도 관심 있게 얘기한다. 또한 브라질 사람들은 포르투갈어를 할 줄 아는 외국인에 대하여 무척 호의적이다. 브라질을 어떻게 생각하는지, 브라질에서 살기 좋은지, 무슨 일을 하는지 등 상대방에게 많은 관심을 보인다. 브라질 사람들의 이러한 모습들을 대화에 잘 활용한다면 성공적인 비즈니스를 이끄는 밑거름이 될 것이다.

3.1. 기본표현

여기에서는 대화와 관련한 활용표현과 유용한 설명을 영어와 대조하여 아래에 제시하였으며 특히 영어와의 구문 비교를 통해 포어를 생각해 보면 흥미롭다.

1) (한) 당신은 어디 출신입니까?
   (포) De onde você é?
   (영) Where are you from?

위의 구문을 구성하는 성분은 de=from, onde=where, você=you, é=are(be 동사)와 같이 같지만 어순이 다르다. 포어는 영어처럼 전치사를 의문사와 분리하지 않고 붙여서 사용한다. 게다가 주어+동사의 어순도 의문문이라 해서 바뀌지 않고 그대로 쓴다.

2) (한) 여기 상당히 덥네요/춥네요, 그렇죠?
   (포) Como está quente/frio aqui, né?
   (영) It's hot/cold in here, huh?

Como는 '얼마나'의 의미로 쓴 것이다. 따라서 como 없이도 문장은 가능하고 단순히 '매우'란 의미의 muito를 넣어 Está muito quente/frio aqui라 해도 된다. né는 não é의 줄임 말로 '안 그래?', '그렇지?' 정도의 의미로 회화에서 아주 많이 쓰이는 말이다.

3) (한) 애인 있어요?
  (포) Você tem namorado/namorada?
  (영) Do you have a boyfriend/girlfriend?

대화에서 마땅히 할 말이 없을 때도 쓸 수 있는 표현이지만 기본적으로 상대방에 대한 관심을 표현해 주는 것으로 이해하면 좋겠다. 상대방이 여자이면 namorado, 남자이면 namorada가 있느냐고 물어봐야지 반대로 물었을 경우엔 의미상 어색할 수도 있다.

4) (한) 결혼한 지 얼마나 오래 되었어요?
  (포) Faz tempo que você está casado(a)?
  (영) How long have you been married?

'Faz~que……'용법으로 '……한지 ~되다'로 기억해 두면 좋다. ~ 위치에 um ano(1년)라든지 cinco meses(5개월)와 같은 정해진 시간 표현 대신에 tempo가 오면 '꽤 오래되다' 정도로 해석하면 된다.

5) (한) 애들은? 잘 지내요?
  (포) E as crianças? Como estão?
  (영) How are the kids?

우리 말 대화에서도 '애들은?'이라고 먼저 던져놓고 이어서 '학교 잘 다녀?'라든지 '많이 컸어?'라고 묻는 형태와 동일한 문체이다. 물론 구문을 하나로 Como estão as crianças?라고 물어도 의미는 같다.

6) (한) 당신은 어느 팀을 응원합니까?
  (포) Você torce para que time?
  (영) What team do cheer for?

'어떤 팀을 응원하다'라고 할 때는 torcer por(혹은 para)를 사용한다. 만약 '나는 상파울루 팀을 응원하겠다'라고 하려면 Vou torcer pelo São Paulo라고 하면 된다. por가 pelo가 된 것은 São Paulo 앞에 팀이란 단어 o time가 생략된 것으로 정관사 o만이 남아 전치사 por와 결합한 형태인 pelo가 된 것이다.

7) (한) 당신은 오늘 경기를 봤습니까?
  (포) Você viu o jogo hoje?
  (영) Did you see the game today?

포어는 평서문이든 의문문이든 어순에 변화가 없으므로 영어로 You saw나 Did you see 모두 Você viu가 된다. 의문문이기에 억양만 의문문처럼 해 주면 된다. 나머지 문장구성 요소들은 o jogo=the game, hoje=today처럼 동일하다.

8) (한) 호나우지뉴가 아주 경기를 잘 했다. 어떻게 생각해?
   (포) (O) Ronaldinho jogou muito bem. O que você acha?
   (영) Ronaldinho made an excellent play. What do you think?

먼저 영어와 달리 포어는 인명 앞에 남자인 경우 o(남성 정관사), 여자인 경우 a(여성 정관사)를 사용할 수 있다. Lapa(1988:107)에 의하면 문체론적인 특징에서는 정관사를 붙인 이름은 더 친숙한 분위기를 준다고 한다. 하지만 그보다 인명을 정관사를 함께 쓰느냐 안 쓰느냐의 문제는 브라질 내에서의 지역별, 계층별, 연령별, 성별에 따라 다르게 나타나는 포어의 변이와 관련 있으며 또한 구어체냐 문어체냐의 구분에서도 다룰 수 있는 부분이다. 따라서 포어를 제2언어나 외국어로서 접하는 우리들에게 인명 앞의 정관사는 붙여도 되고 안 붙여도 되는 선택적 사항이다. 한편 영어로 익숙한 What do you think? 구문은 포어로도 그대로 번역한 형태인 O que você acha?를 사용하면 된다.

9) (한) 주말에 뭐했어요?
   (포) O que você fez no fim de semana?
   (영) What did you do this weekend?

구문은 O que=What, você fez=did you do, no fim de semana=this weekend이며 fim 대신에 final을 써도 된다. fazer 동사의 의미는 매우 다양하나 여기서는 가장 일반적인 의미인 ～하다(do)로 쓰이었다.

10) (한) 당신과 얘기를 나눠서 아주 좋았습니다.
   (포) Foi muito bom conversar com você.
   (영) It was really nice talking to you.

포어 구문은 영어의 it와 같은 가주어가 없기에 ser 동사의 과거형 foi가 바로 등장한다. 주부는 conversar com você(당신과 대화하기)이다.

3.2. 활용표현

1) (한) 나이를 물어봐도 될까요?
   (포) Posso perguntar quantos anos você tem?
   (영) Can I ask how old are you?

2) (한) 당신은 살이 좀 빠진 것 같네요.
   (포) Você parece estar mais magro(a).
   (영) You look like you've lost some weight.

3) (한) 넌 진정한 친구야.
   (포) Você é um amigo de verdade.
   (영) You're a true friend.

4) (한) 당신은 내게 아주 특별해요.
   (포) Você é muito especial para mim.
   (영) You're very special to me.

5) (한) 난 아주 잘 접대 받았어요.
   (포) Fui muito bem recebido.
   (영) They made me feel very welcome.

4. 시간과 약속

브라질 사람들은 시간관념이 별로 없다고들 한다. 더구나 항상 빠른 일 처리를 원하는 우리나라 사람들에게 브라질 사람들은 더 더욱 느긋해 보인다. 그렇다 보니 한국사람과 일하는 브라질 사람들이 가장 빨리 배우는 말 가운데 하나가 '빨리빨리'이다. 급한 게 없어 보이는 이들의 모습은 관공서, 은행, 상점 등에서 확실히 느낄 수 있으며 그들 특유의 여유가 있기에 별로 스트레스도 없어 보인다. 브라질에 오래 살다 보면 자연스럽게 배워지는 것 또 필수적으로 가져야 할 것이 인내심과 여유이다.

하지만 브라질에서는 약속시간에 대한 개념이 두 가지로 형성되어 있다. 먼저 어떤 파티에 초대를 받았다면 최소한 30분에서 1시간 정도 늦는 것은 습관화되어 있다. 따라서 이 경우엔 약속시간 이전에 도착하지 않는 것이 일반적이다. 반면에 비즈니스 문제로 약속이 있다면 시간을 철저히 준수하므로 이 경우에는 약속 시간에 늦지 않도록 주의해야 한다. 상담 약속을 잡을 때에도 미리 2주 전쯤에 하도록 하고 상담 전에는 약 10-15분 정도 기다리는 것이 보통이다. 대도시의 비즈니스맨들은 외국 기업문화에 영향을 받아 시간 엄수로 상대방의 첫인상을 결정하기도 하므로 주의할 필요가 있다.

4.1. 기본표현

시간 약속과 관련된 활용표현의 예를 영어와 대조하여 제시하고 브라질 포어의 변이에서 나타나는 현상의 예도 설명하였다.

> 1) (한) 그럼 우리 어디서 만날까요?
> (포) Então, onde a gente se encontra?
> (영) So where do we meet?

'우리' 영어의 we에 해당하는 인칭대명사로 포어엔 nós가 있다. 하지만 현재 브라질에서는 nós보다 a gente를 훨씬 더 많이 사용하고 있다. Omena & Braga(1996)에 의하면 a gente는 원래 '사람들'이라는 일반적인 의미에서 출발하여 나와 다른 사람, 나아가 나와 너처럼 '우리'를 뜻하는 한정적인 의미로 변화하였다. 구어체에서 a gente의 쓰임은 더욱 많은데 nós는 동사를 1인칭 복수형으로 취하는 반면 a gente는 3인칭 단수형으로 취함에 주의하여야 한다. se는 재귀대명사로 서로 만난다는 의미가 된다.

> 2) (한) 원한다면 당신은 친구 한 명을 데려와도 됩니다.
> (포) Você pode trazer um amigo, se quiser.
> (영) You can invite a friend, too, if you want.

영어의 You can…… Can you……에 해당하는 구문을 만들 때 포어로는 Você pode……를 사용한다. 가정을 나타내는 영어의 if

구문은 포어에서 se 구문인데 위의 경우와 같이 가정법 미래형이면 동사는 접속법 미래 형태를 사용하여 se quiser(네가 원하면), se puder(네가 가능하면)처럼 쓰면 된다.

3) (한) 9시 반에 당신의 호텔에서 만날 것입니다.
   (포) Podemos nos encontrar no seu hotel às nove e meia.
   (영) I'll meet you at your hotel at nine thirty.

내가 당신을 만나겠다는 표현은 여러 형태가 가능하다. 영어의 I'll meet you처럼 그대로 Eu vou encontrar você라고 할 수도 있지만 '우리'가 함께 만난다는 개념으로 1인칭 복수형 podemos를 사용할 수도 있다. 한편 4.1.1)의 예처럼 a gente를 사용하여 A gente pode se encontrar라고 해도 좋은 문장이 된다.

4) (한) 당신이 올 수 있었기에 아주 좋습니다.
   (포) Que bom que você veio.
   (영) I'm glad you could come.

Que bom은 매우 좋다는 의미를 표현할 때 사용하며 Que legal 이나 Que ótimo로 써도 좋을 것이다. 앞의 que는 감탄문으로서 쓰인 것이고 뒤의 que는 영어의 접속사 that의 의미이다. veio는 '오다'란 뜻의 vir 동사 3인칭 단수 완전과거형인데 특히 vir 동사는 완전과거형이 vim(1인칭 단수), veio(3인칭 단수), viemos(1인칭 복수), vieram(3인칭 복수)과 같이 매우 불규칙하므로 잘 외

워둬야 한다.

5) (한) 만약 어떤 이유로 당신이 할 수 없다면 내게 전화해 주세요.
　 (포) Se por algum motivo você não puder, me dê uma ligada.
　 (영) If for some reason you can't make it just give me a call.

이미 4.1.2)에서 언급했던 se puder 구문이 쓰이었고 2.1.5)에서 설명했듯이 브라질 포어에서 목적격 대명사는 동사 앞에 쓰기에 dar(주다) 동사의 변화형 앞에 me를 사용하여 me dê uma ligada로 쓴다.

6) (한) 당신은 여전히 같은 번호인가요?
　 (포) Você ainda está no mesmo telefone?
　 (영) Are you still at the same number?

'여전히, 아직도'의 의미로 ainda(still)를 사용하며 mesmo telefone(같은 전화)란 곧 mesmo número de telefone(같은 전화번호)인데 이렇듯 대화의 상황상 생략하더라도 상호 간 의사소통에 아무 문제가 없으므로 número de를 생략한 형태이다.

7) (한) e-mail 있어요?
　 (포) Você tem e-mail?
　 (영) Do you have e-mail?

e-mail은 포어로 correio eletrônico(전자우편)라는 말이 있기는 하나 굳이 포어로 쓰지 않고 영어 그대로 사용하는 편이다. 우리 말에서도 '전자우편'이라고 하기보다는 일반적으로 '이메일'이라고 하는 경우와 같다.

8) (한) 언제든 내게 전화하세요.
   (포) Me ligue a qualquer hora.
   (영) Call me anytime.

'언제든, 아무 때나'는 em qualquer momento(at any moment)로 도 쓸 수 있으며 '어디서든'이라면 em qualquer lugar(anywhere)를 쓰면 된다.

9) (한) 또 뭔가 건수를 만들어봅시다.
   (포) Vamos combinar alguma coisa.
   (영) We should get together sometime.

Vamos는 영어의 Let's 혹은 Let's go에 해당하는 표현이다. 여 기서는 '언젠가 또다시 만나자'는 의미로 여기서 combinar는 영어 로 arrange의 의미이다.

10) (한) 저기, 난 가야겠어요.
    (포) Bom, eu tenho que ir.
    (영) Well, I have to go.

Bom은 여기서 '좋은'이라는 본래의 의미라기보다 화제 전환용으로 '저기, 그럼' 등의 의미로 쓰이었다. '~해야만 한다(영어로 have to+동사원형)'는 포어로 'ter que+동사원형' 형태를 사용하며 여기서는 1인칭 단수이므로 tenho que ir가 사용되었다.

4.2. 활용표현

1) (한) 이미 리우데자네이루에 가봤어요?
   (포) Já foi ao Rio (de Janeiro)?
   (영) Have you been to Rio de Janeiro?

2) (한) 우리는 파티를 아주 좋아합니다.
   (포) Adoramos uma festa.
   (영) We love to party.

3) (한) 한잔 마시기에 딱 좋은 곳 입니다.
   (포) É um lugar ótimo para tomar um drinque.
   (영) It's a great place to have a drink.

4) (한) 조금 비싸지만 그만한 가치가 있습니다.
   (포) É um pouco caro, mas vale a pena.
   (영) It's a little expensive, but it's worth it.

5) (한) 당신과 만나려면 내가 어떻게 해야 하죠?
   (포) Como eu faço para encontrar você?
   (영) How can I get in touch with you?

III 비즈니스의 이해 및 표현

1. 비즈니스 모임

브라질 사람들과의 비즈니스 첫 만남에서 가장 고려해야 할 점은 먼저 시간을 지켜야 한다는 점이다. 많은 사람들은 브라질 사람들이 시간을 잘 지키지 않는다고 생각하지만 전 장에서 언급했듯이 비즈니스와 관련된 일이라면 철저히 지킨다. 따라서 우리 쪽에서도 약속장소와 시간을 정확히 지켜야 하며 늦을 경우엔 미리 양해를 구하는 전화를 하여야 한다.

무엇을 거래하느냐 혹은 어떤 회사와 거래하느냐에 따라 다르지만 일반적으로는 주로 정장바지에 와이셔츠 정도로 입어주는 것이 무난하다. 또한 진한 화장을 하지 않도록 한다. 무엇보다 우아하게 보이는 것이 중요하다. 하지만 어떤 경우든 고급스러운

옷은 그 사람과 회사의 이미지를 높이는 데 한몫할 수 있다. 비즈니스로 만날 때는 남성의 경우 넥타이를 맨 짙은 색 정장차림을 추천한다.

앞 장에서도 언급했듯이 브라질 사람들은 이름 부르는 것을 좋아한다. 첫 만남에서 서로의 명함을 주고받는 순간 어떤 호칭을 원하는지 물어보는 것이 가장 적절하다. 하지만 이름 앞에 Sr.(쎄뇨르)나 Dr.(도우또르)를 붙이는 편이 좋다. 바로 이름을 부른다고 해서 서로 친구가 되었다는 것은 아직 아니며 이것은 단지 그들의 습관이란 점을 주의해야 한다.

브라질 사람들은 매우 다정다감한 사람들이기에 포옹이나 키스에 익숙하다. 이러한 점은 이들이 어떤 일에 얼마나 관심을 가지고 있는지를 보여주는 것이기도 하다. 하지만 브라질 사람들의 친절에 과도하게 착각하면 안 된다. 다른 라틴아메리카 사람들과는 달리 브라질 사람들은 더욱 친절하고 호의적이어서 서로 친구는 될 수 있다 하더라도 이것이 곧 거래가 가능함을 의미하는 것은 아니다. 브라질 사람들은 흔히 '협상은 별개'라는 말은 하는데 이는 곧 계약서에 싸인 해야만 협상이 이루어짐을 뜻한다(Souza & Saccol, 2003).

브라질 사람들은 아주 작은 선물이라도 정성이 담긴 걸 좋아한다. 하지만 첫 만남에서부터 선물을 주고받는 것은 그리 좋아하지 않는데 아무 의미가 없다고 보기 때문이며 선물을 할 때도 너무 고가로 준비할 경우 자칫 다른 의도가 있음을 예시할 수 있어서 가급적 피하는 것이 좋다. 그래도 선물을 주고자 한다면 회사

마크가 새겨진 작은 선물을 주는 게 일반적이고 비즈니스 미팅에서가 아니라 초대받은 장소에서나 아니면 보통 만남 때 건네주는 것이 좋다. 더 추천할 만한 방법은 점심이나 저녁식사를 대접하는 일로 이는 행여나 상대방에게 오해받지 않는 가장 적절한 방법이다.

1.1. 기본표현

비즈니스로 사람을 처음으로 만나게 될 때 사용할 수 있는 표현을 예를 들어 제시하였는데 영어 표현을 보면 좀 더 이해하기 쉬울 것이다. 여기에 도움이 될 만한 구문과 어휘의 보충 설명을 첨가하였다.

1) (한) …… 때문에 연락드립니다.
   (포) Estou entrando em contato porque……
   (영) I'm calling because……

'접촉하다', '연락하다'라는 의미로 entrar em contato를 사용한다. 이를 estar+ndo 형태인 현재진행형으로 표현하니 estou entrando가 되었다.

2) (한) 명함을 드리겠습니다.
   (포) Deixe eu dar meu cartão.
   (영) Let me give you my card.

직역하면 '내가 ······하도록 놔두라'는 식의 표현, 즉 영어의 'Let me+동사원형' 형태는 포어로 'Deixe-me+동사원형'으로 바꿀 수 있는데 브라질 포어에서는 목적격대명사 me를 인칭대명사 eu로 바꾸어 사용하는 것이 더 일반적이다. 예를 한 가지 더 들면 영어의 Let me see는 포어로 Deixe eu ver이다. 명함은 원래 cartão de visita이나 이 상황에서는 cartão만 쓰더라도 그 의미가 명확하다.

3) (한) 제 회사는 서울에 위치하고 있습니다.
   (포) Minha companhia está sediada em Seul.
   (영) My company is based in Seoul.

'회사'는 영어의 company와 어원이 같은 companhia를 쓰거나 그 외에 firma를 써도 되며 만약 주식회사라고 말하고 싶다면 S.A.(Sociedade Anônima)라는 표현을 쓴다. 포어에서는 소유형용사도 성수에 따라 변화하기에 영어의 my name, my company는 포어로 meu nome, minha companhia처럼 각 명사의 성수에 따라 소유형용사를 일치시켜 줘야 한다.

4) (한) 상파울루에 지점을 가지고 있습니다.
   (포) Temos filiais em São Paulo.
   (영) We have branches in São Paulo.

'지점'이라는 말은 filial인데 여기선 복수로 쓰여 filiais이다. 그리고 '어떤 도시에'를 말할 때는 전치사 em에 관사 없이 도시명을 쓰면 된다. 도시명에 관사가 붙는 대표적인 예외로 o Rio de Janeiro가 있는데 '리우데자네이루에'는 em에 정관사 o가 붙은 형태인 no를 사용하여 no Rio de Janeiro로 써야 한다. 하지만 절대 다수의 도시명에는 관사를 붙이지 않는다.

5) (한) 가끔씩 좀 스트레스 받습니다.
   (포) É um pouco estressante às vezes.
   (영) It's a little stressful sometimes.

포어와 영어 두 문장의 구조가 어순까지 일치한다. 영어로 It's는 É, a little은 um pouco, stressful은 estressante, 그리고 sometimes는 às vezes에 해당한다. '가끔'은 às vezes 외에 de vez em quando도 많이 사용한다.

6) (한) 그 일을 한 지 얼마나 됩니까?
   (포) Faz quanto tempo que você está fazendo isso?
   (영) How long have you been doing that?

사람을 만났을 때 Quanto tempo!가 '오랜만이다'라는 의미라는 점을 II장의 1.1.6)에서 이미 보았는데 영어의 how long······에 해당하는 포어 표현이 quanto tempo······이다. 3.1.4)와 같은 'Faz ~ que ······' 구문이며 영어의 do와 같은 의미인 fazer는 서로 진행형이 되면서 doing과 fazendo로 쓰이었다.

7) (한) 정확히 당신은 무슨 일을 합니까?
   (포) O que é que você faz exatamente?
   (영) What is it that you do exactly?

단순히 상대방의 직업을 물어보는 'Qual é a sua profissão?'이나 거의 같은 의미로 무슨 일을 하는지 묻는 'O que é que você faz?'에 '정확히'란 의미의 부사 exatamente를 첨가함으로써 거래하는 상대방에 대한 정보를 자세히 물어볼 때 쓸 수 있는 표현이다.

8) (한) 큰/작은 회사입니까?
   (포) É uma companhia grande/pequena?
   (영) Is it a big/small company?

단순히 '큰', big이란 단어가 grande이고, '작은', small이란 단어가 pequeno(a)라는 것 외에 대다수의 포어 형용사는 명사를 뒤에서 수식한다는 점을 눈여겨볼 필요가 있다.

9) (한) 당신을 위해 작은 선물 하나 샀습니다.
   (포) Comprei uma coisinha para você.
   (영) I got you a little something.

Comprei는 '사다'라는 의미의 동사 comprar의 1인칭 단수 완전 과거형으로 인칭대명사 필요 없이 동사변화형만으로 '내가 샀다'는 의미를 나타낸다. 또 coisinha는 coisa('것', thing)에 축소형 어미를 붙여 '작은 것'이란 의미를 부여한 것이다.

10) (한) 당신과 같은 걸 주문하겠습니다.

    (포) Vou pedir o mesmo com você.

    (영) I'll have what your having.

'o mesmo'는 같은 것을 의미하고 pedir는 '요구하다', '주문하다'
의 의미로 쓰이는 동사이다.

1.2. 활용표현

1) (한) 안녕하세요, 빠울루와 통화할 수 있을까요?

    (포) Oi, poderia falar com o Paulo?

    (영) Hi, may I speak to Paulo?

2) (한) 난 2007년에 거기서 일하기 시작했어요.

    (포) Comecei a trabalhar lá em 2007.

    (영) I started working there in 2007.

3) (한) 당신은 어떤 분야에서 일하죠?

    (포) Você está em que área de trabalho?

    (영) What line of work are you in?

4) (한) 실비우가 당신에게 날 추천했어요.

    (포) O Sílvio me recomendou a você.

    (영) Sílvio referred me to you.

5) (한) 우리가 관심 있는 경우 당신과 얘기하면 됩니까?
   (포) Caso nos interesse, devo falar com você?
   (영) In case we are interested, should I talk to you?

6) (한) 내가 제대로 이해했는지 체크해 볼게요.
   (포) Deixe eu só ver se eu entendi.
   (영) Just to check that I understand.

7) (한) 며칠이 당신에게 좋습니까?
   (포) Que dia é bom para você?
   (영) What day's good for you?

8) (한) 나의 e-mail 주소는 pedro@hotmail.com입니다.
   (포) Meu endereço de e-mail é pedro arroba hotmail ponto com.
   (영) My e-mail address is pedro at hotmail dot com.

9) (한) 필요한 게 있으면 내게 말하세요.
   (포) Se precisar de alguma coisa pode contar comigo.
   (영) I'm here for you if you need anything.

10) (한) 맘에 들지 않으면 교환할 수 있습니다.
    (포) Se você não gostar, eu posso trocar.
    (영) If you don't like it, I can change it.

2. 협상 태도와 전략

대화를 시작하면서 곧바로 협상 얘기를 하는 것은 좋지 않다. 본론으로 들어가기 전에 충분한 서론을 거쳐야 한다. 즉 협상 전에 상대방의 취미라든지, 좋아하는 요리, 혹은 응원하는 축구팀에 대하여 미리 정보를 입수하여 본론에 들어가기 전에 이러한 주제에 대하여 질문하고 대화하면서 분위기를 화기애애하게 이끌어내도록 한다. 브라질 사람들은 어떠한 상황에서도 웃는 것을 좋아하니 이러한 점을 장점으로써 활용하면 좋을 것이다.

대화를 하면서 절대 브라질 사람들의 자존심을 건드려서는 안 된다. 그들은 브라질 사람이라 항상 자랑스럽다는 생각을 지니고 있다. 또한 개인적 관심사를 중시하며 협력, 협동, 조화, 대중적인 생각보다는 독립적(independente)이고 자기중심적(egocêntrico)인 이기주의 사고방식이 뿌리 깊게 박혀 있는 개인주의(individualismo) 경향을 지니고 있다. 사실 현대서구사회의 이데올로기로서 개인주의가 어떻게 발전했는지에 대한 만족스러운 설명은 없으나 그들의 사고방식을 외국인으로서는 존중해 줄 필요가 있다(Rocha, 2000).

브라질 비즈니스맨들의 협상태도는 한편으로 거칠게 느껴질 수도 있다. 예를 들어 수입상들의 경우 가격을 터무니없이 깎는 경향이 많은데 이것은 협상 상대를 무시하거나 협상 대상인 상품에 하자가 있어서라기보다는 상대방의 마지노선이 어디까지인가를 염탐하기 위한 것이다. 그러한 목적을 달성하기 위해 그들은 장시간에 걸쳐 상대방을 지치게 하는 경향이 있으므로 인내심을 가지고 충분한 시간을 투자해야 한다. 또한 이러한 자세에 말려들지 않기 위해서는 상품 가격에 충분한 마진을 미리 추가로 산정하여 제시하는 것이 좋다. 가격 협상 동안 브라질 사람들은 자신들의 목적을 달성하기 위해 끊임없이 자기주장을 펴는 경향이 있다.

또한 브라질 사람들과의 협상에서는 외국어의 과다한 사용을 피하는 것이 좋다. 상대방이 원하고 양해하는 상황이라면 서로 영어를 통하여 협상을 진행할 수도 있지만 포어의 이해와 사용이 상대방에게 더욱 친근감과 관심을 줄 수 있다. 따라서 협상 대표가 포어를 모른다 하더라도 포어를 구사할 수 있는 직원을 함께 대동하는 편이 좋다. 또한 매번의 만남에서 거래 당사자를 교체하지 않고 일괄적으로 협상 대표가 지속적으로 협상에 임해야 한다. 브라질 사람들은 어떤 형태의 대화에도 관심이 많으며 이미 익숙한 당사자와 이전에 나누었던 주제에 대하여 다시 얘기하는 것을 좋아한다. 어느 정도 분위기가 무르익으면 가능한 모든 시각을 동원하여 협상에 임하고 협상 시작 시 과다한 양보를 삼가해야 한다. '당신이 이것을 해 준다면 나는 이것을 하겠다'는 식으로 조건을 가진 제의를 하고 상대방이 얻을 수 있는 이익을 명쾌하게 제시하여 준다.

또한 문서들을 테이블 위에 잔뜩 올려놓는 것은 위험할 수 있다. 열심히 협상에 임한다는 의지를 보여주기보다는 상대방에게 예의 없는 인상을 주기 때문이다. 따라서 협상 자료들을 이미 머릿속에 숙지한 상태로 임하도록 해야 한다. 물론 중요한 서류라면 꼭 필요하지만 식사 전이나 후에 보여주는 편이 낫다. 사실 많은 협상들이 점심식사 중에 이루어진다. 조용하고 테이블 간의 간격이 충분히 떨어진 중·고급의 레스토랑을 미리 선택하여 대비하도록 한다. 식당에서는 절대 가장 비싼 것을 시키지 말고 파트너가 먼저 주문하도록 한다. 식사도중에는 편하게 가벼운 주제로 얘기하는 것이 좋으며 상대가 먼저 비즈니스 얘기를 꺼내지 않는 한 먼저 비즈니스 얘기를 하지 않는 것이 좋다. 또 식사 대접을 한 경우 가격에 대하여 말하지 않도록 한다.

협상이 진행되는 중에는 처음부터 많은 것을 요구하지 말고 항상 신뢰를 형성하며 양쪽에서 함께 이익을 내는 방법을 찾고 있다는 의지를 보여주어야 한다. 이해한 부분을 자신이 다시 한 번 설명하여 확실히 이해했음을 확인시켜 주고 메모하는 습관을 들이도록 한다.

2.1. 기본표현

협상은 곧 실전이다. 올바른 협상태도로 적절한 전략을 구사하여야 한다. 여기에서는 이와 관련한 활용표현의 예를 제시하였다. 영어와 대조하여 보았을 때 자연스럽게 이해할 수 있는 부분도 있으나 전체적인 구문 파악과 어휘 습득을 위해 설명을 첨가하였다. 여기에 제시된 예문은 실제 활용에서 쓰기엔 수적으로 극히 한계가 있으므로 차츰 더 많은 실용 예문을 접하는 것이 필수적임을 미리 알려둔다.

1) (한) 아주 좋은 아이디어라고 정말 생각합니다.
   (포) Eu realmente acho que esta idéia é ótima.
   (영) I really feel this is a great idea.

'내 생각에는 ……이다', '……라고 생각합니다'를 표현할 때 Acho que ……라고 쓰면 되는데 '정말로'라는 부사를 넣어 강조한 표현이다. 포어의 부사는 영어의 부사형 어미 ly와 같은 mente가 형용사에 붙어 형성되는 형식이다.

2) (한) 아직 몇몇 해결해야 할 것들이 있습니다.
   (포) Preciso/Precisamos ainda resolver algumas coisas.
   (영) I/We still need to work out some things.

'~할 필요가 있다'는 동사 precisar를 1인칭 단수형으로 '나는'을 주어로 쓴다면 preciso가 되고, 1인칭 복수형으로 '우리는'을 주어로 쓰면 precisamos가 된다.

3) (한) 좋아요, 문제없습니다.
   (포) Tá bom, não tem problema.
   (영) OK, no problem.

'따봉'은 90년대 초반, 한 음료회사의 광고 문구에 등장하면서 한국인에게 가장 익숙한 포르투갈어가 되었는데 영어의 OK와 가장 가까운 말이다. 그리고 포어를 배우는 초급 학습자에게서 no problem을 그대로 옮겨 não problema라 말하는 오류가 나타나곤

하는데 포어에서는 não tem problema라고 해야 하며 혹은 '아무
런 문제없다'고 강조하여 não tem problema nenhum이라고 하면
된다.

4) (한) 상품의 가격과 이용 가능성에 대하여 알고 싶습니다.
 (포) Eu gostaria de saber o preço e disponibilidade de seu produto.
 (영) I'd like to know about price and availability on your product.

영어로 'I'd like to+동사원형' 형태처럼 '…… 하고 싶습니다'의
의미를 나타내고자 할 때는 'Eu gostaria de+동사원형' 형태를 사
용하면 된다. 과거미래 형태인 gostaria de는 불완전 과거 형태인
queria로 써도 무방하다. 두 예 모두 이러한 경우는 시제의 의미를
떠나 정중한 표현 혹은 완곡한 표현을 나타내는 형태이기 때문이
다. 또 '가격'은 영어로 price인데 포어로는 preço, '상품'이 영어로
product인데 포어로는 produto인 점을 보면 이러한 단어 형태의
유사점이 학습을 용이하게 할 수 있는 부분으로 작용할 수 있다.

5) (한) 얼마 만에 배달됩니까?
 (포) Em quanto tempo vocês podem entregar?
 (영) How soon could that be delivered?

영어의 deliver, '배달하다'의 의미로 entregar 동사를 쓴다. 명
사로 delivery, '배달'은 entrega, 나아가 '전화배달'은 단어 앞에
tele를 붙여서 teleentrega라고 쓰는 점도 알아두는 게 유용하다.

이 경우 동일한 모음, 즉 tele 끝 e와 entrega 앞 e의 충돌이 일어나는데 이럴 때는 철자상 모음 하나를 삭제할 수 있기에 telentrega라고도 쓸 수 있다. tele 사용의 많은 예에서 hifen(-)을 사용하여 tele-entrega나 각기 따로 tele entrega라고 쓰고 있는데 이는 철자상의 오류이므로 특히 문서 작성 시에는 이러한 점도 주의할 필요가 있다.

6) (한) 지불 조건이 어떻게 됩니까?
   (포) Quais são as condições de pagamento?
   (영) What forms of payment do you accept?

'지불하다'는 영어로 pay, 포어로 pagar이며 명사로 '지불'은 영어로 payment, 포어로 pagamento를 사용한다. 이를 바탕으로 '지불조건'이라는 표현은 a condição de pagamento 혹은 복수로 as condições de pagamento라고 쓰면 된다.

7) (한) 이것은 당신의 회사와 아무 관련이 없습니다.
   (포) Isso não é nada relacionado com sua companhia.
   (영) This has nothing to do with your company.

영어의 This has nothing to do with…… 구문을 포어로 Isso não é nada relacionado com …… 구문으로 생각할 수 있다. nada는 단지 강조를 위하여 첨가된 것이고 만약 주어가 변할 수 있는 상태를 나타내야 하는 상황의 경우라면 ser 동사의 3인칭 단수형인 é는 estar 동사의 3인칭 단수형 está로 써야 한다.

8) (한) 그것에 대해 좀 더 생각해봐야겠습니다.
   (포) Preciso/Precisamos pensar mais a respeito.
   (영) I/We need to consider it some more.

a respeito는 '그것에 대해'란 의미로 더 기초적인 구문으로 바꾸면 pensar em 구문을 사용하여 pensar mais nisso로도 쓸 수 있다.

9) (한) 우리는 당신들과 함께 비즈니스 할 수 있게 되어 좋습니다.
   (포) Estamos contentes de poder fazer um negócio com vocês.
   (영) We're really looking forward to doing business with you.

'협상하다', '비즈니스 하다(do business)'의 의미로 fazer um negócio를 사용한다. 어떤 협상이 진행되어 '그 협상'을 지칭하게 되면 비로소 부정관사 um이 정관사 o로 바뀌어 fazer o negócio가 된다.

10) (한) 당신의 관심에 감사드리며 우리가 미래에 무엇인가 할 수 있기를 기원합니다.
    (포) Agradecemos sua atenção e esperamos poder fazer algo no futuro.
    (영) We appreciate your attention and hope we can do something in the future.

'관심'(attention과 atenção), '미래'(future와 futuro)에서 단어 형태의 유사성을 볼 수 있다. can do something은 그대로 포어로

옮기면 poder fazer algo가 되며 algo는 같은 의미로 alguma coisa를 사용할 수 있다.

2.2. 활용표현

1) (한) 일을 아주 잘했어요. 계속 그렇게 하세요.
   (포) Você fez um ótimo trabalho. Continue assim!
   (영) You've done a really good job. Keep up the good work!

2) (한) 판매가 잘 되고 있습니다.
   (포) As vendas estão se aquecendo.
   (영) Sales are really picking up.

3) (한) 난 당신에게 비즈니스 제안이 하나 있습니다.
   (포) Tenho uma proposta de negócio para você.
   (영) I have a business proposition for you.

4) (한) 그것에 대한 예상시간을 알려줄 수 있습니까?
   (포) Você pode me dar uma previsão de tempo sobre isso?
   (영) Can you give me a time estimate on that?

5) (한) 우리가 예상했던 것보다 좀 더 지연되고 있습니다.
   (포) Está demorando um pouco mais do que esperávamos.
   (영) It's taking a little longer than we expected.

6) (한) 흥미롭군요. 추진하기로 결정했습니다.

(포) Parece interessante. Decidi ir adiante.

(영) It looks good. I've decided to go ahead.

7) (한) 그것을 위해 얼마를 청구할 것입니까?

(포) Quanto você cobraria para isso?

(영) How much would you charge for that?

8) (한) 아직 의문점들이 있습니다.

(포) Ainda tenho algumas dúvidas.

(영) I still have some doubts.

9) (한) 그것에 대해 좀 더 말해 줄 수 있습니까?

(포) Poderia falar um pouco mais sobre isso?

(영) Could you say a little more about that?

10) (한) 난 정말 잘 될 거라고 생각합니다.

(포) Eu realmente acho que pode dar certo.

(영) I really think this can work.

Ⅳ 문서작성의 이해 및 표현

1. e-mail과 편지

브라질 사람들은 상대방과 직접 만나 사업 얘기하는 것을 선호하기에 중요한 의사결정은 물론 직접 만나서 해야 한다. 하지만 간단한 시간 약속이나 안부인사에 e-mail이 자주 사용되고 있으며 간단한 서류를 주고받는 과정에서는 e-mail은 물론 팩스나 우편을 통한 편지의 왕래가 이뤄지고 있다.

서신 교환은 협상의 시작, 진행, 마무리에 연락을 지속적으로 취하기 위해 필수적으로 이용해야 하는 도구이다. 서두에는 편지 받을 사람과 보내는 사람의 이름, 주소, 또 편지의 목적을 명기하고 내용에 들어가서는 공식적인 호칭은 물론 회사의 요구에 상응하는 필수요소를 꼭 포함시켜야 한다. 마무리할 때 헤어지는 인사말은 물론 서명하는 것을 잊어선 안 된다.

하지만 예전과 달리 요즘은 전 세계적으로 메일을 보편적으로 이용하므로 이를 적극적으로 활용하면 더 신속한 진행을 할 수 있다. 메일을 보낼 때도 과장됨 없이 직접적이고 명확하며 목적 있는 내용을 발송한다. 앞부분에 간단히 짧은 인사말을 쓰고 마무리 역시 간단히 쓴다. 마지막에는 이름, 직위, 회사명을 꼭 함께 보낸다. 협상이 진행되는 중에 메일에 답하지 않으면 전화를 받지 않은 것과 다를 바 없으니 48시간 이내에는 모든 메시지에 답하는 것이 예의이다.

아래에는 e-mail과 편지에서 사용할 수 있는 유용한 표현들을 서두, 본문, 결어로 구분하여 영어와 대조하여 정리하였다.

1.1. 서두의 기본표현

> 1) (한) 친애하는 뻬드루님께.
>   (포) Caro Sr. Pedro.
>   (영) Dear Mr. Pedro.

'친애하는 ~님께'의 의미로 영어에서는 dear를 사용하듯 포어에서는 일반적으로 caro를 사용하는데 상대방이 여성인 경우엔 cara, 복수인 경우엔 caros로 써서 성과 수를 일치시켜 줘야 한다. 만약 상대방의 이름을 정확히 모르는 경우엔 Caro Senhor/ Senhora(Dear Sir or Madam)으로 쓰거나 A quem possa interessar(To Whom it May Concern)이라고 쓰기도 한다. 한편 개인적으로 친분이 이미 있는 사람에게 서신을 발송하는 경우엔 예를 들어 Meu querido Paulo(My dearest Paulo), Oi Paulo(Hey Paulo), Olá Paulo(Hello Paulo)처럼 형식에 얽매이지 않고 친근하게 쓰는 편이다.

2) (한) 당신의 메일에/편지에 감사드립니다.
(포) Obrigado(a) pelo seu e-mail/pela sua carta.
(영) Thank you for your e-mail/letter.

감사하는 원인에 대하여 언급할 때는 영어에서 전치사 for를 쓰듯 포어에서는 전치사 por를 사용하며 뒤에 따르는 명사의 성과 수에 따라 pelo, pela, pelos, pelas로 일치시킨다. '당신의 초대에'는 pelo seu convite(for your invitation), '당신의 도움에'는 pela sua ajuda(for your help), '당신의 지불에'는 pelo seu pagamento(for your payment) 등으로 쓰면 된다.

3) (한) 당신의 신속한 답변에 감사드립니다.
(포) Agradeço pela sua imediata resposta.
(영) Thank you for your prompt reply.

'감사함'의 의미에 Obrigado(a)라는 가장 일반적인 표현 대신에 agradecer 동사를 활용하여 쓰기도 한다. 특히 상호 간에 고마운 마음을 표현해야 할 상황에서는 상대방이 Obrigado(a)라고 했을 때

'내가 더 감사하다'는 의미로 Eu que agradeço를 사용하면 좋다.

> 4) (한) 답장이 늦어 죄송합니다.
> (포) Desculpe-me pela demora em responder.
> (영) Sorry I've taken so long to get back to you.

죄송한 마음을 전할 때는 가장 일반적으로 Desculpe를 사용하지만 '용서를 구한다'는 의미로 Peço desculpas(I apologize)를 사용하기도 한다.

> 5) (한) 당신과 통화할 수 있어서 기뻤습니다.
> (포) Foi um prazer falar ao telefone com você.
> (영) It was a pleasure talking to you on the phone.

이미 통화한 사람에게 다시 연락하는 상황에서 일반적으로 쓸 수 있는 표현으로 Foi um prazer(기뻤다)를 문두에 쓰고 이어서 주어에 해당하는 동사원형 falar를 써주는 구문이다.

1.2. 본문의 기본표현

> 1) (한) 요청하신 바와 같이……
> (포) Como foi solicitado……
> (영) As you requested……

영어의 as에 해당하는 '~와 같이, ~처럼'은 포어로 como를 사용한다. 유사한 형태로 '논의된 바와 같이'는 como foi discutido(as was discussed), '어제 언급한 것처럼'은 como mencionei ontem(as I mentioned yesterday), '전화로 지적한 것처럼'은 como indiquei ao telefone(as I indicated over the phone)와 같이 사용하면 된다.

2) (한) 질문에 답하자면……
   (포) Em resposta às suas perguntas, ……
   (영) To answer your questions, ……

'~에 대한 답으로, ~에 답하자면'의 의미에 주로 사용되는 em resposta a라는 구문은 질의, 응답이 많은 학술모임과 관련자료에서도 많이 사용된다.

3) (한) 초대해 주셔서 기쁩니다.
   (포) Fico contente com o convite……
   (영) I am pleased with the invitation……

자신의 감정은 ficar동사 다음에 형용사, 예를 들어 '행복한'은 feliz(happy), '슬픈'은 triste(sad), '실망스런'은 decepcionado (disappointed)로 써서 표현하면 된다.

4) (한) ……에 대한 감사의 뜻을 전하고자 편지를 씁니다.
   (포) Estou escrevendo para dar agradecimento por……
   (영) I am writing to express my gratitude for……

어떤 물건이나 뜻을 전해 준다는 의미로 dar동사를 사용한다. 여기에 응용하여 '축하를 전하다'는 dar parabéns, '실망감을 전하다'는 dar decepção을 사용할 수 있다.

> 5) (한) 아직도 ……에 대한 금액을 받지 못했습니다.
> (포) Ainda não recebemos pagamento por……
> (영) We have not yet received payment for……

영어로 '아직도 ~못한'은 not yet이지만 포어로는 ainda não이다. 다시 한번 어순에 주의할 필요가 있다. 그리고 pagamento(payment)는 '지불하다' pagar(pay)에서 파생된 명사로 형태상 유사함을 보인다.

> 6) (한) 뭐가 더 나을지 제게 말씀해 주십시오.
> (포) Me diga o que for melhor.
> (영) Let me know what's good for you.

'내게 말해주세요'는 일반적으로 Me diga, Me conte를 쓰지만 영어의 Lct me know 형태치럼 Deixe-me saber로 써도 무방하다. 이 경우 브라질에서는 목적격대명사 me 위치에 인칭대명사 eu를 넣어 Deixe eu saber로 더 많이 사용한다.

> 7) (한) 제게 가격표를 보내주실 수 있습니까?
> (포) Poderia me mandar uma lista de preços?
> (영) Could you send me a price list?

'발송하다'의 의미로 mandar를 사용하는 것이 일반적이다. '치수' as medidas(the dimensions), '팜플렛' um folheto(a brochure) 등을 응용하여 목적어 위치에 쓸 수 있다.

8) (한) 가장 좋은 날이 언제입니까?
   (포) Qual é a melhor data?
   (영) Which dates best suit you?

Qual는 선택적인 의미를 갖기에 여러 날 중 어떤 날의 의미를 표현하는 의문대명사이며 melhor는 '더 좋은'의 의미지만 관사가 앞에 첨가됨으로 인해 '가장 좋은'의 의미가 된다.

9) (한) 첨부에서 요청하신 아이템을 만나보실 수 있습니다.
   (포) Você pode encontrar os itens solicitados em anexo.
   (영) You will find the items requested attached.

e-mail을 주고받을 때는 관련 파일을 첨부(anexo)하기도 하는데 '첨부하여'의 의미로 전치사 em과 함께 em anexo를 주로 사용하며 그냥 부사로 anexadamente라고 써도 된다. 이때 주어가 여성이라 해서 em anexa로 사용상의 오류를 범하는 경우가 있는데 주의해야 한다.

10) (한) 당신의 호텔/항공편 정보는 다음과 같습니다.
    (포) Suas informações sobre o hotel/vôo são as seguintes.
    (영) Your hotel/flight details are as follows.

'~는 다음과 같다'는 형식의 말로 é o seguinte를 쓴다고 알아
두면 좋겠다. 위의 경우는 주어가 여성복수형이기에 인칭 및 성
과 수를 일치시켜 são as seguintes가 된 경우이다. 또한 '비행기'
는 avião(aeroplane)이지만 세부적으로 '항공편'을 말할 때는
vôo(flight)라고 써야 한다.

1.3. 경어의 기본표현

1) (한) ……까지 답장하도록 하겠습니다.
   (포) Vou tentar te dar um retorno até……
   (영) I'll try to get back to you by……

'시도해 보다'의 의미로 tentar(try)를 사용하며 '답장하다'는 의
미로는 dar um retorno 외에도 dar uma resposta를 자주 사용하
며 동사 responder만을 써도 의미는 같다.

2) (한) 다음 주에 연락을 취하겠습니다.
   (포) Entrarei em contato na semana que vem.
   (영) I'll get in touch next week.

'~와 연락을 취하다'는 매우 자주 사용되는 표현으로 entrar
em contato com(get in touch with)이라고 확실히 기억해둬야
한다. 여기서는 시제가 미래이므로 entrarei라고 썼으며 구어체에
선 ir 동사를 사용하여 vou entrar라고 쓰는 편이 훨씬 더 일반적
이다. '다음 주'에는 na semana que vem이나 na próxima

semana 두 가지 형태로 사용할 수 있다.

> 3) (한) 미리 감사의 뜻을 전합니다.
>   (포) Agradeço antecipadamente.
>   (영) Thank you in advance.

Agradeço는 Obrigado(a)와 같은 의미이며 '미리'는 anteci-
padamente나 de antemão이라고 쓰면 된다.

> 4) (한) 신속한 답장 기다리겠습니다.
>   (포) Aguardo/Aguardamos uma pronta resposta.
>   (영) I/We look forward to receiving your prompt reply.

'기다리다'는 aguardar나 esperar 동사를 사용하기에 주어가 1
인칭 단수인 경우엔 aguardo나 espero, 1인칭 복수인 경우엔
aguardamos나 esperamos로 활용된다. '신속한 답장'은 pronta
resposta 혹은 imediata resposta라고 쓰면 된다.

> 5) (한) 가능한 대로 바로 e-mail에 답해주시기 바랍니다.
>   (포) Favor responder a este e-mail assim que puder.
>   (영) Please respond to this e-mail as soon as you can.

'가능한 대로 바로'의 의미로 assim que puder를 사용한다.
assim que는 '~하자마자'의 뜻으로 미래 의미의 접속법을 요구하
는 구문이므로 poder(can)동사의 접속법 미래 형태인 puder가 쓰

이었다. 유사한 구문으로서 '가능하다면'의 의미로 se (você) puder나 se possível, '가능할 때'의 의미로 quando (você) puder 를 사용할 수 있다.

> 6) (한) 어떤 질문이라도 답해드리겠습니다.
> (포) Estou à disposição para quaisquer perguntas.
> (영) If you have any questions, please do not hesitate to contact me.

Estou à disposição은 '준비가 항상 되어 있다'는 의미로 이해하면 되고 '어떤(모든)' qualquer는 복수로 썼을 경우 quaisquer이 됨도 잊지 말아야 한다.

> 7) (한) 당신의 소식을 기대하겠습니다.
> (포) Espero/Esperamos suas notícias.
> (영) I/We hope to hear from you soon.

esperar동사는 시간적으로 '기다리다'(wait)라는 의미 외에도 '기대하다(expect), 희망하다(hope)'라는 의미도 함께 가지고 있다.

> 8) (한) 관심을 보여주셔서 감사합니다.
> (포) Obrigado(a) pelo interesse.
> (영) Thank you for your interest.

'~에 대하여 감사하다'는 구문은 서두에서 많이 활용될 뿐만 아니라 결어에서도 역시 쓰이는 구문이다. 또한 '관심, 흥미' interesse(interest)도 포어와 영어의 형태가 유사한 단어이다.

> 9) (한) ……에게 안부 전해주십시오.
>   (포) Mande um abraço para……
>   (영) Please send my regards to……

mandar는 사역동사로 '시키다'와 '발송하다, 전달하다'는 의미가 있는데 물건을 발송하는 것뿐만 아니라 '포옹'이란 의미의 abraço를 써서 '안부를 전하다'는 의미로 자주 활용된다.

> 10) (한) 정중히 인사드립니다.
>   (포) Atenciosamente,/Cordialmente,
>   (영) Sincerely yours,/Cordially,

공식적인 서신의 맨 끝에 주로 사용되는 표현이다. 한편 가족, 친구 등 친분이 있는 사이에서 쓸 수 있는 표현으로는 Se cuida e a gente se fala(Take care and I'll speak to you soon), Espero que esteja bem(I hope you're doing well), Tudo de bom(All the best), Com muito carinho(Lots of love) 등이 있고 더 간단히는 Abraços(Hugs)나 Beijos(Kisses)를 사용하며 서신을 마무리한다.

2. 계약서 작성

브라질 사람들은 비즈니스에서 친분관계를 중요시하는 만큼이나 서류도 중요시하므로 계약 시 모든 내용을 상세히 기록하는 편이다. 브라질의 무역 절차는 상당 부분 아직 관료적임은 물론 브라질 수입업체 역시 자세한 절차를 모르는 경우가 많다. 그들도 사실 상당 부분 수속대행 업체, '데스빠샨치'(Despachante)를 이용하고 있으며 이 같은 제도가 사회 전반에 걸쳐 일반화되어 있다. 우리 업체의 경우도 계약서의 작성부터 통관 수속까지 가급적 현지의 대행업체를 이용하는 것이 좋다. 데스빠샨치는 자동차 등록, 국제운전면허증 교체 등의 일도 해주기에 잡다한 일도 의뢰할 수 있다. 또한 브라질 사람들은 외국인 법률회사나 회계사에 대한 거부감이 없지 않아 있으므로 법률자문이나 회계 등도 현지 브라질 사람을 이용하는 편이 좋다.

협상의 마무리 단계라고 할 수 있는 계약서를 작성할 순간이 왔을 때는 무엇보다 다음과 같은 점을 주의하여 작성하도록 한다 (Bueno, 2003).

1) 항목 나누기: 알기 쉽게 참조할 수 있도록 1), 2), 3)과 같이 아주 단순하게 각 조항의 번호를 붙인다. 각 항목이 10줄이 넘어갈 정도로 길다면 이해하기 쉽도록 그 항을 다시 나눈다.
2) 정보 확인: 계약하기 전에 모든 정보에 대하여 확실히 체크해 봐야 한다. 상대방이 모든 조건을 들어줄 수 없다면 완벽하게

계약서를 공들여 작성해봐야 소용없다. 무역조건, 등록서류, 전화번호 등을 직접 체크하도록 한다.

3) 본문 확인: 한번 읽어봤을 때 이해하기 쉽고 간단한 문장이 잘 작성한 계약서이다. 한 조항이라도 그 의미가 더 단순하고 직설적인 문장으로 수정하도록 한다. 또한 계약을 해제할 수 있는 조항을 만들어 놓아야 한다.

4) 장소, 날짜, 서명: 계약서가 작성된 장소, 일반적으로 도시명과 날짜를 명시한다. 또한 서명하는 사람이 그럴 만한 위치에 있는 사람인지 체크하고 회사의 대리인일 경우에는 그에 해당하는 위임장의 효력을 확인해야 한다. 쌍방이 똑같은 계약서를 작성해야 한다.

5) 변호사 자문: 많은 의무사항과 약속 조항이 포함되어 있는 복잡한 계약서의 경우엔 전문 변호사나 회계사의 자문을 구하는 것이 요구된다.

2.1. 계약서의 유용단어

비즈니스 계약과 관련하여 가장 자주 등장할 수 있는 단어들을 영어와 함께 아래 정리해 보았다. 아래의 20개 예 중 80-90%는 영어 단어와의 형태에서 유사성을 발견할 수 있으므로 이 점에 초점을 맞추어 학습하길 권장한다.

1) (한) 회사 (포) compahia (영) company

2) (한) 특허 (포) patente (영) patent

3) (한) 계획 (포) planejamento (영) planning

4) (한) 조건 (포) condição (영) condition

5) (한) 지불 (포) pagamento (영) payment

6) (한) 의무 (포) obrigação (영) obligation

7) (한) 신용 (포) confidencialidade (영) confidence

8) (한) 통지 (포) notificação (영) notification

9) (한) 등록 (포) registro (영) register

10) (한) 갱신 (포) atualização (영) update

11) (한) 포기 (포) renúncia (영) renounce

12) (한) 양도 (포) cessão (영) cession

13) (한) 관계 (포) relação (영) relation

14) (한) 벌금 (포) multa (영) fine

15) (한) 배상 (포) indenização (영) indemnification

16) (한) 중재 (포) mediação (영) mediation

17) (한) 합법 (포) legalidade (영) legality

18) (한) 계약서(포) contrato (영) contract

19) (한) 상품 (포) produto (영) product

20) (한) 협력관계 (포) parceria (영) partnership

2.2. 계약서의 활용표현

계약서에 사용할 수 있는 몇몇 표현을 아래에 제시하였다. 제시된
예문은 단지 계약서 작성의 개념을 형성하기 위한 매우 기초적인
것이므로 실전에서 계약 상황에 맞는 표현의 활용을 위해서는 전문

가의 도움과 전문 서적을 참조하여야 할 것임을 미리 알려둔다.

1) (한) 본 계약서는 A와 B 간의 무역 협력관계를 형성하는 목적을 갖는다.
(포) O presente CONTRATO tem por objetivo instituir uma parceria comercial entre A e B.
(영) The present CONTRACT bears the objective of forming the commercial partnership between A and B.

2) (한) A는 B와 상품과 관련된 모든 정보를 공유하는 것에 동의한다.
(포) A A concorda em compartilhar com a B todas as informações relacionadas ao PRODUTO.
(영) A agree to share with B all information related to the PRODUCT.

3) (한) 위에 규정된 조건에 따라 가격을 지불한다.
(포) Pagar o preço desta Parceria, de acordo com as condições estipuladas acima.
(영) Pay the price of this Partnership, according to the conditions defined above.

4) (한) 본 계약서는 한쪽 계약자에 의해 언제든 취소될 수 있다.
(포) O presente CONTRATO poderá ser rescindido a qualquer momento por uma das partes.
(영) The presente CONTRACT may be cancelled at any time by one of the parties.

5) (한) 본 계약서는 양방에 의해 양도될 수 없다.

(포) O presente CONTRATO não poderá ser cedido ou transferido pelas partes.

(영) This CONTRACT may not be granted or transferred by the parties.

3. 적합한 문장구성

여기에서는 문장을 의미에 맞게 제대로 구성할 수 있도록 가장 기초가 되는 표현들을 열거하였다. 자신의 태도를 정확히 표출하고 앞뒤 문장과의 자연스러운 연결을 위해 필요한 주요 표현들을 이해하기 쉽게 영어와 대조하여 정리하였다.

3.1. 각 태도 표출에 쓰는 주요표현

3.1.1. 확 실

1) (한) 확실히,

(포) Certamente,

(영) Surely,

2) (한) 의심할 여지없이,

(포) Sem dúvida,

(영) Doubtlessly,

3.1.2. 불확실

1) (한) 내가 알기로는,
   (포) Pelo que sei,
   (영) As far as I know,

2) (한) 확실히 얘기할 수는 없으나……
   (포) Não posso dizer com certeza, mas……
   (영) I cannot say for sure, but……

3.1.3. 권 위

1) (한) 내 경험으로 봐서는,
   (포) Pela minha experiência,
   (영) Speaking from experience,

2) (한) 전문적으로 말하자면,
   (포) Falando profissionalmente,
   (영) Professionally speaking,

3.1.4. 강 조

1) (한) ……주장해야만 한다.
   (포) Tenho que insistir que……
   (영) I must insist that……

2) (한) ……강조해야만 한다.
   (포) Devo enfatizar que……
   (영) I must stress that……

3.1.5. 당 연

1) (한) 당연히,
   (포) Logicamente,
   (영) Logically,

2) (한) 물론,
   (포) É claro,
   (영) Of couse,

3.1.6. 안 심

1) (한) 안심하세요.
   (포) Fique tranqüilo.
   (영) Rest assured.

2) (한) 걱정하지 마세요.
   (포) Não se preocupe.
   (영) Don't worry.

3.1.7. 정 직

1) (한) 솔직히,
   (포) Francamente,
   (영) Frankly,

2) (한) 정직히,
   (포) Para ser sincero,
   (영) To be honest,

3.1.8. 행 복

1) (한) ……는 대단하다.
   (포) É maravilhoso que……
   (영) It's wonderful that……

2) (한) ……라서 매우 행복하다.
   (포) Fico muito feliz que……
   (영) I'm very happy that……

3.1.9. 감 탄

1) (한) 와!
   (포) Uau!/ Nossa!
   (영) Wow!

2) (한) ……를 칭찬해야 한다.
   (포) Tenho que admirar que……
   (영) I must admire that……

3.1.10. 놀 람

1) (한) 놀랍게도,
   (포) Surpreendentemente,
   (영) Surprisingly,

2) (한) 내가 놀랍게도,
   (포) Para minha surpresa,
   (영) To my amazement,

3.1.11. 슬 픔

1) (한) 안 됐지만
   (포) Infelizmente,
   (영) Sadly,

2) (한) ……라서 매우 슬프다.
   (포) Fico muito triste que……
   (영) I'm very sad that……

3.1.12. 존 경

1) (한) ……해서 영광이다.
   (포) É uma grande honra……
   (영) It gives me great honor to……

2) (한) 존경하는 맘으로,
   (포) Com todo o respeito,
   (영) With all due respect,

3.1.13. 실 망

1) (한) 실망스럽게도,
   (포) Para minha decepção,
   (영) Disappointingly,

2) (한) ……해서 조금 실망했다.
   (포) Fiquei meio decepcionado que……
   (영) I was a little disappointed that……

3.1.14. 후 회

1) (한) 불행히도,
   (포) Infelizmente,
   (영) Unfortunately,

2) (한) 후회스럽게도,
   (포) Lamentavelmente,
   (영) Regretfully,

3.1.15. 모 순

1) (한) 아이러니하게도,
   (포) Ironicamente,
   (영) Ironically,

2) (한) 이상하게도,
   (포) Estranhamente,
   (영) Funny enough,

3.2. 구문 간 연결에 쓰는 주요 표현

3.2.1. 원 인

1) (한) 그래서, 그런 이유로
   (포) Por isso, Por essa razão,
   (영) For this reason,

2) (한) ……에 기인하여
   (포) devido a……
   (영) due to……

3.2.2. 목 적

1) (한) ……을 위하여
   (포) Para que……
   (영) In order that……

2) (한) ……의 목적으로
   (포) Com o propósito de……
   (영) With the purpose of……

3.2.3. 영 향

1) (한) 따라서,
   (포) Conseqüentemente,
   (영) Consequently,

2) (한) 결과로서,
   (포) Como resultado,
   (영) As a result,

3.2.4. 의 견

1) (한) 내 의견으로는,
   (포) Na minha opinião,
   (영) In my opinion,

2) (한) 내 관점에서는,

　(포) Pelo meu ponto de vista,

　(영) In my view,

3.2.5. 분　석

1) (한) 한편으로,/다른 한편으로는,

　(포) Por um lado,/ por outro lado,

　(영) On one hand,/ on the other hand,

2) (한) 내가 보기에는

　(포) A meu ver,

　(영) As I see it,

3.2.6. 언　급

1) (한) ……에 관해서는,

　(포) Com(em) relação a……,

　(영) With(in) regard to……, Regarding……,

2) (한) ……에 대하여는,

　(포) Quanto a……, A respeito de……, Sobre……

　(영) As to……, About……

3.2.7. 인　용

1) (한) ……에 의하면,

　(포) De acordo com……, Conforme……, Segundo……,

　(영) According to……,

2) (한) 마리아는 ……라고 말했다.

(포) Maria disse que……

(영) Maria said that……

3.2.8. 일반화

1) (한) 일반적으로,

(포) Geralmente,

(영) Generally,

2) (한) 전반적으로,

(포) No total,

(영) Overall,

3.2.9. 특정화

1) (한) 구체적으로,

(포) Para ser específico,

(영) To be specific,

2) (한) 무엇보다도,

(포) Acima de tudo,

(영) Above all,

3.2.10. 예 시

1) (한) 예를 들면,

(포) Por exemplo,

(영) For example,

2) (한) 좋은 예는 ……일 것이다.
   (포) Um bom exemplo seria……
   (영) A good example would be……

3.2.11. 첨 가

1) (한) 그 외에도,
   (포) Além disso,
   (영) In addition,

2) (한) 게다가,
   (포) E ainda,
   (영) Plus,

3.2.12. 환 언

1) (한) 즉,
   (포) Isto quer dizer, Ou seja,
   (영) That is to say,

2) (한) 다른 말로 하면,
   (포) Em outras palavras,
   (영) In other words,

3.2.13. 전 환

1) (한) 어쨌든,
   (포) De qualquer forma,
   (영) Anyway,

2) (한) 그런데,

(포) A propósito,

(영) By the way,

3.2.14. 요 약

1) (한) 그러므로,

(포) Portanto,

(영) So,

2) (한) 요약하면,

(포) Resumindo,

(영) In summary,

3.2.15. 결 론

1) (한) 결국,

(포) No final,

(영) Ultimately,

2) (한) 결과는 ……이다.

(포) O resultado final é……

(영) The end result is……

V 결 론

　지금까지 우리는 브라질에서 비즈니스를 하기 위해 최소한 염두에 두어야 할 그 나라의 문화적, 비즈니스적 요소에 대하여 매우 쉽게 이해할 수 있는 내용으로 요약하여 접근하였다. 성공적인 비즈니스를 위해서는 기본적으로 사람과의 첫 만남으로부터 본격적인 협상에 이르는 과정에서 겪을 수 있는 여러 상황에 대한 철저한 준비가 필요하다. 그리고 브라질에선 영어가 잘 통하지 않기 때문에 비즈니스 시 브라질 포어의 사용은 매우 필요한 현실이다. 포어를 영어와 대조하여 제시한 여러 예문에서 볼 수 있듯 어휘나 구문이 비교적 유사한 부분도 많이 발견할 수 있다. 이미 비즈니스를 위한 영어가 가능한 사람이 이를 토대로 포어를 학습한다면 많은 도움이 될 것이다. 여기에 비즈니스 하기에 필요한 브라질에 대한 문화적 이해가 동반된다면 브라질 사람들과의 협상을 무난히 성공적으로 이끌어 낼 수 있을 것이다.

BRICs시대로 더욱 주목받고 있는 브라질은 현재뿐만 아니라 가까운 미래에 우리나라에게 더더욱 빼놓을 수 없는 경제 협력국이 될 것이다. 그러한 나라 브라질에서 사용되는 언어는 포어인데 전통적인 포르투갈 포어가 아니라 새롭게 형성된 브라질 포어라는 점에도 우리는 주목해야 한다. 교육적인 측면에서 볼 때 포어의 경우 대학 환경 외에선 아직 자연스럽게 접할 수 없는 언어인바 대학 교육에서 다양한 자료 확보 및 최신 시사적 내용의 접근을 통하여 질적으로 더욱 수준 높은 강의와 연구가 이루어져야 함은 물론이거니와 이제 더 이상 포어를 특수어로 구분하여서는 안 된다. 다수를 위한 실용적인 포어 교육을 해야 한다. 실제로 포어가 우리나라와 브라질 간의 관계 발전에 기여할 수 있는 방면의 현실적인 연구를 하고 결과물을 제시해야 한다.

현재 브라질에선 이미 진출해 있는 여러 우리 기업의 노력으로 한국인과 한국 상품의 우수성을 이미 인정받고 있는 상태이다. 또한 최첨단 기술로 한국 기업에 대한 긍정적 인식이 높아지고 있는 상황에서 한국으로의 브라질인 유입도 급증하고 있다. 이는 단지 브라질의 경제적 측면뿐만 아니라 문화, 스포츠적 측면에서의 교류도 늘어나고 있음을 보여주고 있다. 이제 포어는 더 이상 '따봉'으로 대표되던 한 특수한 언어가 아니라 여러 방면에서 수요를 창출할 수 있는 언어로서 그 위상은 탈바꿈되고 있다. 매년 한국에서도 대학생, 일반인, 직장인 등이 언어연수 및 지역전문가 활동을 위하여 브라질의 주요 도시로 수학하러 떠나며 그 수도 점차 늘어가는 추세이며 브라질에 투자하는 분위기도 성숙되어

가고 있다. 이는 그만큼 한국과 브라질 간의 관계가 날로 긴밀해지고 있음을 보여주는 것이다.

본 연구는 한국과 브라질 간의 국제적 중요성이 커져가는 가운데 그 발전과정을 언어적, 문화적으로 원활히 해 주고 실질적으로 정말 필요한 순간 브라질 포어 활용과 관련된 한국어 자료의 부족을 해결해 주는 한 단계로서 기획되었다. 본 연구와 함께 앞으로 현지의 사회문화와 관련된 언어적 활용표현의 질적이고 양적인 팽창은 물론 비즈니스와 관련하여 필요한 모든 정보와 표현을 집약시킬 수 있는 더욱 심화된 연구가 이어질 것으로 기대한다.

참고문헌

김한철. 문법 교육에서 언어 간 차이의 고려. *외국어교육연구*, v.20, n.2, p.31-44. 2006.

이승덕, *브라질 들여다보기*, 서울: 한국외대, 2006.

조희문, *브라질 비즈니스진출 안내백서*, 서울: KOTRA, 2002.

최영수, 브라질의 문화코드와 의사소통방식. *중남미연구*, v.23, n.2, p.131-164. 2004.

비지니스 매뉴얼, 서울: 한국외대, 2006.

KOTRA·KIEP. *Global Business Report-Brazil*. 서울: KOTRA, 2005.

Assis, Rosa Maria. Variações lingüísticas e suas implicações no ensino do vernáculo: uma abordagem sociolingüística. In: *Ilha do desterro-Sociolingüistca*, v. 20. Florianópolis: UFSC, 1988. p.59-81.

Bechara, Evanildo. *Moderna gramática portuguesa*. 37. ed. Rio de Janeiro: Lucerna, 2003.

Bueno, Wilson da Costa. *Comunicação empresarial: teoria e pesquisa*. Barueri, SP: Manole, 2003.

Callou, Dinah.; LEITE, Yonne; MORAES, João. Variação dialetal no português do Brasil: aspesctos fonéticos e morfossintáticos. *Revista Internacional de Língua Portuguesa*, v.10, n.14, p.106 −118, 1995.

Castilho, Ataliba. O português do Brasil. In: ILARI, R. *Lingüística Românica*. São Paulo: Ática, 1992. p.237 −285.

Cunha, Celso; Cintra, Luís. F. Lindley. *Nova gramática do português contemporâneo*. 3. ed. Rio de Janeiro: Nova Fronteira, 2001.

Duarte, Marcelo. *O guia dos curiosos: Brasil*. São Paulo: Cia. das Letras, 1999.

_____. *O guia dos curiosos: língua portuguêsa*. São Paulo: Panda, 2003.

Ferreira, Aurélio B. *Novo Aurélio Século 21 −o dicionário da língua portuguesa*. Rio de Janeiro: Nova Fronteira, 1999.

Fischer, Luís Augusto. *Dicionário de porto −alegrês*. 5. ed. Porto Alegre: Artes e Ofícios, 1999.

Fusaro, Karin. *Gírias de todas as tribos*. São Paulo: Panda, 2001.

Garcia, Maria Cecília. *Minimanual compacto de gramática da língua portuguesa: teoria e prática*. São Paulo: Rideel, 2003.

Houaiss, Antônio; Villar, Mauro de Salles. *Minidicionário Houaiss da língua portuguesa*. Rio de Janeiro: Objetiva, 2001.

Hudson, R. A. *Sociolinguistics*. Seoul: Hanshin, 1995.

Kadmon, Nirit. *Formal pragmatics*. Oxford: Blackwell, 2001.

Kim, Han Chul. Aquisição do artigo definido do português como segunda língua considerando a variação. In: *Anais do Colóquio Nacional Letras em diálogo e em contexto: Rumos e Desafios*. Porto Alegre: UFRGS, 2003. CD arquivo 12.

_____. *Aquisição do artigo definido em português como segunda língua por aprendizes coreanos*. Porto Alegre: UFRGS, 2005. Tese de doutorado, Universidade Federal do Rio Grande do Sul, 2005.

Korytowski, Ivo. *Português prático: um jeito original de tirar suas dúvidas de português*. Rio de Janeiro: Elsevier, 2004.

Lapa, Manuel Rodrigues. *Estilística da língua portuguesa*. 4. ed. São Paulo: Martins Pontes, 1998.

Lyons, John. *Semantica – 1*. Lisboa: Presença, 1980.

Martinez, Ron. *Como dizer tudo em inglês: fale a coisa certa em qualquer situação*. Rio de Janeiro: Campus, 2000.

_____. *Como escrever tudo em inglês: escreva a coisa certa em qualquer situação*. Rio de Janeiro: Campus, 2002.

Neto, Pasquale Cipro. *Nossa língua curiosa*. São Paulo: Publifolha, 2003.

Neves, Maria Helena de Moura. *Gramática de usos do Português*. São Paulo: UNESP, 2000.

_____. *Guia de uso do português: confrontando regras e usos*. São Paulo: UNESP, 2003.

Omena, Nelize Pires de & Braga, Maria Luiza. A gente está se granaticalizando? *Variação e discurso.* Rio de Janeiro: Tempo Brasileiro, 1996. p.75-83

Perini, Mário A. *Gramática descritiva do português.* 3. ed. São Paulo: Ática, 1998.

Rocha, Angela da. *Empresas e clientes: um ensaio sobre valores e relacionamentos no Brasil.* São Paulo: Atlas, 2000.

Sacconi, Luiz Antonio. *Não confunda.* São Paulo: Atual Editora, 2000.

Souza, Cesar Alexandre de & Saccol, Amarolinda Zanela. *Sistema ERP no Brasil: teoria e casos.* São Paulo: Atlas, 2003.

Stockwell, R.; Bowen, J.; Martin, J. *The grammatical structures of English and Italian.* Chicago: University of Chicago Press, 1965a.

_____. *The grammatical structures of English and Spanish.* Chicago: University of Chicago Press, 1965b.

Sull, Donald Norman. *Sucesso made in Brasil: o segredo das empresas brasileiras que dão certo.* 3. ed. Rio de Janeiro: Elsevier, 2004.

Tarallo, Fernando. *A pesquisa sociolingüística.* São Paulo: Ática, 2002.

http://segero.hufs.ac.kr/scripts/article__view.asp?JNAME=IANR&ISSUEID=105&SECID=071

〈부록〉 필수 일반표현 300선

비즈니스뿐만 아니라 일상생활에서 자주 쓰이므로 필수적으로 알아두어야 할 브라질 포어의 일반표현을 여기에 다루었다. Martinez(2000)을 참고하여 총 300구문을 크게 세 가지 카테고리로 구분하였다. 첫째 동사 관련하여 130개 구문, 둘째 형용사·부사·접속사 관련하여 130개 구문, 마지막으로 그 밖의 주요 구문 40개를 정리하였으며 역시 영어 표현형태를 바로 밑에 제시함으로써 더 용이하게 이해하고 학습할 수 있도록 하였다.

1. 동사 관련구문 130선

1. abrir caminho＝make way＝길을 열다

   (한) 난 대통령을 위해 길을 열어주려고 도로를 막았다.

   (포) Eu interditei as ruas para abrir caminho para o presidente.

   (영) I blocked off the street to make way for the president.

2. abrir mão de＝give up＝포기하다

   (한) 나는 나의 사생활을 포기하여야만 했다.

   (포) Eu tive que abrir mão da minha privacidade.

   (영) I had to give up my privacy.

3. acabar de＝have just＝막 ～하다

   (한) 그녀는 막 도착하였다.

   (포) Ela acabou de chegar.

   (영) She has just arrived.

4. aprender a＝learn to＝～을 배우다

   (한) 나는 수영을 배웠다.

   (포) Eu aprendi a nadar.

   (영) I learned to swim.

5. arregaçar as mangas＝roll up one's sleeves＝소매를 걷어 올리다

   (한) (뭔가를 시작하려고) 소매를 걷어 올릴 시간이다.

   (포) É hora de arregaçar as mangas.

   (영) It's time to roll up our sleeves.

6. atualizar＝bring something up to date＝최근 것으로 바꾸다

   (한) 그는 파일을 업데이트하였다.

   (포) Ele atualizou os arquivos.

   (영) He brought the files up to date.

7. bater a porta na cara de alguém=slam the door in someone's face=남의 면전에서 문을 닫다, 남을 쫓아 버리다
   - (한) 그는 내 면전에서 문을 닫았다.
   - (포) Ele bateu a porta na minha cara.
   - (영) He slammed the door in my face.

8. bater na porta=knock on the door=노크하다
   - (한) 나는 노크하는 중이었다.
   - (포) Eu estava batendo na porta.
   - (영) I was knocking on the door.

9. bater palmas=clap one's hand=손뼉을 치다
   - (한) 그들 모두가 손뼉을 쳤다.
   - (포) Todos eles bateram palmas.
   - (영) They all clapped their hands.

10. bater um papo=chat=잡담하다, 수다 떨다
    - (한) 우리는 수다 떨기 위해 한 술집에 갔다.
    - (포) A gente foi num bar para bater um papo.
    - (영) We went to a bar to chat.

11. dá na mesma=it's doesn't matter=상관없다
    - (한) 사실 누가 먹든 상관없다.
    - (포) Na verdade, dá na mesma quem comer.
    - (영) Actually, it doesn't matter who eats.

12. dá vontade de=make one feel like=~하게 만들다
    - (한) 그것은 나를 울게 만든다.
    - (포) Isso me dá vontade de chorar.
    - (영) It makes me feel like crying.

13. dar certo＝work out＝잘되다, 성취하다
   (한) 잘 안되었다. 실패하였다.
   (포) Não deu certo.
   (영) It didn't work out.

14. dar duro＝work hard＝열심히 하다
   (한) 그는 그것에 대해 열심히 하였다.
   (포) Ele deu duro nisso.
   (영) He worked hard on that.

15. dar trabalho＝be a lot of work＝많은 일을 하게 하다
   (한) 이 책은 많은 일을 하게 하였다.
   (포) Este livro deu trabalho.
   (영) This book was a lot of work.

16. dar um jeito (em)＝do something (about)＝방법을 찾아보다 뭔
   가를 하다.
   (한) 내가 그것에 대해 뭔가 방법을 찾아보겠다.
   (포) Eu vou dar um jeito nisso.
   (영) I'm going to do something about that.

17. dar uma olhada (em)＝have a look (at)＝훑어보다
   (한) 당신은 그 빌딩을 훑어봤습니까?
   (포) Você deu uma olhada no edifício?
   (영) Did you have a look at the building?

18. dar uma saída＝step out＝나오다
   (한) 나는 나왔으나 곧 들어갈 것이다.
   (포) Eu dei uma saída mas já vou voltar.
   (영) I stepped out but I'll be right back.

19. dar uma volta＝go for a walk＝산책하다

   (한) 그는 일요일에 산책하는 것을 좋아한다.

   (포) Ele gosta de dar uma volta no domingo.

   (영) He likes to go for a walk on Sunday.

20. deixar as coisas claras＝make things clear＝일들을 분명하게 하다

   (한) 당신은 일들을 아주 분명하게 하였다.

   (포) Você deixou as coisas bem claras.

   (영) You made things quite clear.

21. deixar claro＝make it clear＝명확히 밝히다

   (한) 나는 팔고 싶지 않다고 명확히 밝혔다.

   (포) Eu deixei claro que eu não quis vender.

   (영) I made it clear that I wasn't interested in selling.

22. deixar para lá＝never mind＝신경 쓰지 않다

   (한) 좋아요, 신경 쓰지 마세요.

   (포) Tudo bem, deixa para lá.

   (영) That's OK, never mind.

23. deve ser＝must be＝~임에 틀림없다

   (한) 난 브라질에 못 가봤지만 아주 아름다운 곳임에 틀림없다.

   (포) Eu não conheço o Brasil mas deve ser muito lindo.

   (영) I've never been to Brazil but it must be really beautiful.

24. é a sua vez＝be one's turn＝~의 차례이다

   (한) 지금은 네 차례이다.

   (포) Agora é a sua vez.

   (영) Now it's your turn.

25. é hora de＝it's time to＝~할 시간이다

   (한) 가야 할 시간이다.

(포) É hora de ir embora.

(영) It's time to go.

26. é mesmo(verdade)=that's true=정말이다

(한) 정말이야. 나는 포어를 할 줄 알아.

(포) É mesmo. posso falar português.

(영) That's true, I can speak Portuguese.

27. é normal=that's to be expected=정상이다

(한) 그는 이혼 후에 더 이상 나와 얘기하지 않는데 그게 정상이라고 생각한다.

(포) Ele não está falando mais comigo depois do divórcio mas acho que isso é normal.

(영) He's no longer speaking to me after the divorce, but I think that's to be expected.

28. é o seguinte = here's the thing = (말하고자 하는 바는) 다음과 같다

(한) 들어봐: 지금 난 돈이 없지만 문제없어.

(포) É o seguinte: não tenho dinheiro agora mas não tem problema.

(영) Here's the thing: I don't have money now but there is no problem.

29. esperar que=hope that=~을 바라다

(한) 정말로 그렇게 되길 바란다.

(포) Espero que seja assim mesmo.

(영) I hope it's really that way.

30. está brincando=you're joking=장난하니?

(한) 그녀의 집에서 밤을 보내라고? 장난하니?

(포) Passar a noite na casa dela? Está brincando.

(영) Spend the night at her house? You're joking.

31. está vendo?＝you see?＝∼알겠어?

(한) 그녀가 널 얼마나 사랑하는지 알겠어?

(포) Está vendo como ela te ama?

(영) You see how she loves you?

32. estar a fim de＝feel like＝하고 싶다

(한) 나는 노래하고 싶지 않다.

(포) Eu não estou a fim de cantar.

(영) I don't feel like singing.

33. estar cansado de＝be tired of＝피곤하다, 싫증나다

(한) 당신은 그 일에 싫증났습니까?

(포) Você está cansado desse trabalho?

(영) Are you tired of this job?

34. estar claro＝be clear＝명백하다

(한) 그녀가 당신과 연애하기 싫은 것은 명백하다.

(포) Está claro que ela não quer namorar você.

(영) It's clear she doesn't want to go out with you anymore.

35. estar com calor(frio)＝be hot(cold)＝덥다(춥다)

(한) 나는 이 외투를 입어 매우 덥다.

(포) Estou com muito calor com este casaco.

(영) I'm very hot with this coat on.

36. estar com ciúme(inveja)＝be jealous(envious)＝질투하다(시기하다)

(한) 나는 그녀 때문에 질투가 난다.

(포) Estou com ciúme por causa dela.

(영) I'm jealous because of her.

37. estar com fome(sede)＝be hungry(thirsty)＝배고프다(갈증 나다)

(한) 나는 아주 배고프다.

(포) Estou com muita fome.

(영) I'm really hungry.

38. estar em dúvida＝not be able to make up one's mind＝의문이다

(한) 나는 일본어를 할지 중국어를 할지 의문이다.

(포) Estou em dúvida entre fazer japonês ou chinês.

(영) I can't make up mind whether to take Japanese or Chinese.

39. estar em greve＝be on strike＝파업 중이다

(한) 직원들이 파업 중이다.

(포) Os funcionários estão em greve.

(영) The workers are on strike.

40. estar em pé＝stand＝서 있다

(한) 당신은 아직도 서 있습니까?

(포) Você ainda está em pé?

(영) Do you still stand?

41. estar morrendo de fome＝be starving＝몹시 배고프다

(한) 나는 지금 배고파 죽겠다.

(포) Agora estou morrendo de fome.

(영) Now I'm starving.

42. estar morrendo de saudades＝be missing someone/something to death＝몹시 그립다

(한) 네가 보고 싶어 죽겠다.

(포) Estou morrendo de saudades de você.

(영) I'm missing you to death

43. estar morrendo de vergonha＝feel so embarrassed＝몹시 창피하다

   (한) 그러고 나서 창피해 죽는 줄 알았다.

   (포) Eu estava morrendo de vergonha depois disso.

   (영) I felt so embarrassed after that.

44. estar na hora de＝be about time＝～할 시간이다

   (한) 우리가 일해야 할 시간이라고 난 생각한다.

   (포) Acho que está na hora de a gente trabalhar.

   (영) I think it's time we work.

45. estar na moda＝be in fashion＝유행이다

   (한) 당신은 그걸 싫어하지만 그게 유행이다.

   (포) Você não gosta disso mas está na moda.

   (영) You don't like it but it's in fashion

46. falar sério＝be serious＝진심이다, 정말이다

   (한) 당신 진심이야?

   (포) Você está falando sério?

   (영) Are you serious?

47. faz parte＝that's life＝그런 일이 자주 있다, 그것이 인생이다

   (한) 그런 일이야 자주 있지, 안 그래?

   (포) Faz parte, né?

   (영) That's life, right?

48. faz tempo＝it's been a while＝～한 지 오래되다

   (한) 우리가 못 본지도 오래되었다.

   (포) Faz tempo que a gente não se vê.

   (영) It's been a while since we saw each other.

49. fazer a barba＝shave＝면도하다

   (한) 내일 아침에 난 면도할 것이다.

(포) Amanhã de manhã vou fazer a barba.

(영) I'm going to shave tomorrow morning.

50. fazer a matrícula＝enrol＝등록하다

(한) 그녀는 등록할 돈이 없다.

(포) Ela não tem dinheiro para fazer a matrícula.

(영) She doesn't have the money to enrol.

51. fazer alguém feliz＝make someone happy＝～을 행복하게 하다

(한) 당신은 나를 아주 행복하게 하였다.

(포) Você me fez muito feliz.

(영) You made me very happy.

52. fazer amizade＝make friends＝친구를 사귀다

(한) 나는 친구를 사귀기 위해 오랜 시간이 걸렸다

(포) Demorei um tempão para fazer amizade.

(영) It took me a while to make friends.

53. fazer amor＝make love＝사랑을 나누다

(한) 우리는 사랑을 나누며 밤을 보냈다.

(포) Passamos a noite fazendo amor.

(영) We spent the night making love

54. fazer bagunça＝make a mess＝엉망으로 만들다

(한) 이이들은 단지 엉망진창으로 만들 뿐이다.

(포) As crianças só fazem bagunça.

(영) The kids just make a mess.

55. fazer barulho＝be noisy＝시끄럽다

(한) 이 여자는 정말 시끄럽다.

(포) Esta mulher faz muito barulho.

(영) This woman is really noisy.

56. fazer de conta que＝pretend that＝~인 체하다

(한) 우리가 해적인 척하자. 해적놀이 하자.

(포) Vamos fazer de conta que somos piratas.

(영) Let's pretend that we are pirates.

57. fazer faculdade＝go to university/college＝대학교에 다니다

(한) 형의 도움으로 나는 대학교에 다니기 시작했다.

(포) Com a ajuda do meu irmão comecei a fazer faculdade.

(영) With my brother's help I started going to university.

58. fazer hora＝pass the time＝시간을 보내다

(한) 당신은 단지 시간만 보내며 여기 있습니까?

(포) Você está aqui só fazendo hora?

(영) Are you here just passing the time?

59. fazer hora－extra＝work overtime＝시간 외 근무를 하다

(한) 나는 오늘 밤 야근을 해야만 한다.

(포) Tenho que fazer hora－extra esta noite.

(영) I have to work overtime tonight.

60. fazer o quê?＝what can you do?＝어쩌겠는가?

(한) 당신은 일하고 싶지 않지만 어쩌겠는가?

(포) Você não quer trabalhar mas fazer o quê, nê?

(영) You don't want to work but what can you do, right?

61. fazer regime＝go(be) on a diet＝다이어트하다

(한) 나는 그것을 먹을 수 없어. 다이어트가 필요해.

(포) Não posso comer isso. Preciso fazer regime.

(영) I can't eat that. I need to go on a diet.

62. fazer sentido＝make sense＝의미를 지니다

(한) 당신이 말했던 것은 많은 의미를 지녔다.

(포) O que você falou fez muito sentido.

(영) What you said made a lot of sense.

63. fazer sucesso＝be a success＝성공하다

(한) 처음으로 브라질에 도착했을 때 그는 매우 성공했다.

(포) Quando chegou no Brasil pela primeira vez ele fez muito sucesso.

(영) When he arrived in Brazil for the first time he was a great success.

64. ficar à vontade＝make oneself at home; feel comfortable＝편하게 지내다

(한) 나는 당신이 그녀와 편하게 지내길 바란다.

(포) Quero que você fique à vontade com ela.

(영) I want you to feel comfortable with her.

65. ficar arrasado＝be devastated＝망가지다. 가슴이 찢어지다

(한) 나는 그 소식에 가슴이 찢어졌다.

(포) Fiquei arrasado com a notícia.

(영) I was devastated by the news.

66. ficar assustado＝get scared＝놀라다. 겁먹다

(한) 그녀는 전기가 나갔을 때 겁을 먹었다.

(포) Ela ficou assustada quando acabou a luz.

(영) She got scared when the lights went out.

67. ficar chateado＝get upset＝속상해하다, 짜증나다

(한) 너 속상하니?

(포) Você ficou chateado?

(영) Did you get upset?

68. ficar chocado＝be shocked＝쇼크를 받다, 충격을 받다

(한) 내가 발견했을 때 충격을 받았다.

(포) Fiquei chocado quando descobri.

(영) I was shocked when I found out.

69. ficar de olho＝have one's eye on something or someone＝유심히 보다

(한) 나는 그 차에서 눈을 떼지 못했다.

(포) Fiquei de olho nesse carro.

(영) I had my eye on that car.

70. ficar grávida＝get pregnant＝임신하다

(한) 그녀는 18세 때 임신하였다.

(포) Ela ficou grávida quando tinha dezoito anos.

(영) She got pregnant when she was eighteen.

71. ficar juntos＝be together＝함께 있다

(한) 나는 우리가 함께 있길 원한다.

(포) Quero que fiquemos juntos.

(영) I want us to be together.

72. ficar magoado＝get hurt＝다치다, 상처받다

(한) 나는 그녀가 다치는 것을 원치 않는다.

(포) Não quero que ela fique magoada.

(영) I don't want her to get hurt.

73. ficar na sua＝keep to oneself＝혼자 있다, 남과 어울리지 않다

(한) 난 조용해서 단지 혼자만 있다.

(포) Eu sou sossegado, só fico na minha.

(영) I'm cool, I just keep to myself.

74. ficar nervoso＝get nervous＝긴장하다, 떨리다

(한) 그는 무대에 들어가기 전에 항상 떨린다.

(포) Ele sempre fica nervoso antes de entrar no palco.

(영) He always gets nervous before going on stage.

75. ficar quieto＝keep still＝조용히 하다
　　(한) 나는 지금 조용히 할 수 없다.
　　(포) Não posso ficar quieto agora.
　　(영) I can't keep still now.

76. ficar rico＝become rich＝부자가 되다
　　(한) 나의 첫 영화 후에 나는 부자가 되었다.
　　(포) Depois do meu primeiro filme eu fiquei rico.
　　(영) I became rich after my first movie.

77. ficar sabendo＝find out＝발견하다
　　(한) 나는 그에게 다른 애인이 있었다는 것을 발견했다.
　　(포) Eu fiquei sabendo que ele tinha uma outra namorada.
　　(영) I found out he had another girlfriend.

78. ficar sozinho＝be alone＝혼자 있다
　　(한) 당신은 잠시 혼자 있고 싶습니까?
　　(포) Você quer ficar sozinho um pouco?
　　(영) Do you want to be alone for a while?

79. ir embora＝leave＝떠나다, 나가다
　　(한) 당신은 떠날 준비가 되었습니까?
　　(포) Você está pronto para ir embora?
　　(영) Are you ready to leave?

80. já ouvi falar＝I've heard about it＝이미 들어봤다
　　(한) 나는 거기를 안 가봤지만 이미 들어봤다.
　　(포) Não conheço lá mas já ouvi falar.
　　(영) I've never been there but I've heard about it.

81. já volto＝I'll be right back＝곧 돌아온다

(한) 곧 돌아오겠습니다. 나 은행에 갑니다.

(포) Já volto, vou no banco.

(영) I'll be right back. I'm going to the bank.

82. jogar fora＝throw away＝던지다, 버리다

(한) 난 그것을 버리겠다.

(포) Vou jogar fora.

(영) I'm going to throw it away.

83. me diz uma coisa＝tell me something＝내게 말해줘.

(한) 내게 말해줘. 너는 어떻게 알았니?

(포) Me diz uma coisa, como você ficou sabendo?

(영) Tell me something, how did you find out?

84. mexer com＝mess with; work with＝참견하다; ～와 함께 일하다

(한) 내 일에 참견하지 마. 나는 컴퓨터로 일한다.

(포) Não mexe comigo. Eu mexo com computadores.

(영) Don't mess with me. I work with computers.

85. mudar de idéia＝change one's mind＝생각을 바꾸다

(한) 나는 프랑스에서 공부하려 했으나 생각을 바꿨다.

(포) Eu ia estudar na França mas mudei de idéia.

(영) I was going to study in France but I changed my mind.

86. não adianta＝it's no use＝소용없다

(한) 내게 얘기해봐야 소용없다.

(포) Não adianta falar comigo.

(영) It's no use talking to me.

87. não agüentar＝not be able to take＝견디지 못하다, 대처하지 못하다

(한) 나는 이 더위를 견딜 수 없다.

(포) Não agüento este calor.

(영) I can't take this heat.

88. não dar bola＝not even pay attention＝유의하지 않다, 관심을 갖
지 않다

(한) 그녀에게 관심 갖지 마라.

(포) Não dá bola para ela.

(영) Don't even pay attention to her.

89. não dar conta＝not be enough＝충분치 않다

(한) 5명으로는 충분치 않을 것이다.

(포) Cinco pessoas não vão dar conta.

(영) Five people won't be enough.

90. não estou nem aí＝I don't care＝신경 쓰지 않는다

(한) 나의 아내는 나와 더 이상 얘기하길 원치 않지만 나는 신경
쓰지 않는다.

(포) Minha esposa não quer falar comigo mais mas eu não estou
nem aí.

(영) My wife doesn't want to speak with me anymore but I
don't care.

91. não faz mal＝that's OK＝괜찮다

(한) 나는 돈이 하나도 없지만 그녀가 수표책을 가지고 있기 때문
에 괜찮다.

(포) Não tenho nenhum dinheiro mas não faz mal porque ela
está com o talão de cheques.

(영) I don't have any cash on me but that's OK because she
has her checkbook.

92. não foi nada＝ it was nothing＝아무 일도 아니었다, 괜찮다

(한) 내게 감사할 필요 없어요, 아무 일도 아니었는데요.

(포) Não precisa me agradecer, não foi nada.

(영) No need to thank me, it was nothing.

93. não importa se＝it doesn't matter if＝중요치 않다

(한) 당신이 영어를 모르는 것은 중요치 않다, 포어면 충분하다.

(포) Não importa se você não sabe inglês, o português é suficiente.

(영) It's doesn't matter if you don't know English, your Portuguese is enough.

94. não ligar＝not bother one＝상관없다

(한) 내 아들은 담배를 피지만 나는 상관없다.

(포) Meu filho fuma mas eu não ligo.

(영) My son smokes but it doesn't bother me.

95. não tem jeito＝there's no way＝방법이 없다

(한) 예상할 방법이 없다.

(포) Não tem jeito para prever.

(영) There's no way to predict.

96. não tem nada a ver＝that has nothing to do with it＝아무 관계없다

(한) 나는 여자인데 그건 아무 관계없다.

(포) Sou mulher mas isso não tem nada a ver.

(영) I'm woman but that has nothing to do with it.

97. não vai dar＝it's not going to be possible＝안 될 거다, 가능하지 않을 거다

(한) 안 될 거라고 생각한다.

(포) Acho que não vai dar.

(영) I think it's not going to be possible.

98. nem me fale＝tell me about it＝얘기해 봐라.

(한) 난 다이어트 하기 싫다. ─그것에 대해 얘기 좀 해 봐.

(포) Detesto fazer regime. ─Nem me fale.

(영) I hate dieting. ─Tell me about it

99. nem pensar＝don't even think about it＝생각조차 할 수 없는 일이다.

(한) 그녀에게 전화하지 않을 것이다. 생각도 마라.

(포) Não vou ligar para ela, nem pensar.

(영) I'm not going to call her, don't even think about it.

100. pedir desculpas＝say one is sorry＝용서를 구하다, 미안하다고 말하다

(한) 나는 용서를 구하기 위해 그녀를 만났다.

(포) Eu encontrei ela para pedir desculpas.

(영) I met her to say I'm sorry.

101. pedir emprestado＝borrow＝빌리다

(한) 그는 내게 빌리고 반환하질 않았다.

(포) Ele me pediu emprestado e nunca devolveu.

(영) He borrowed it from me and never gave it back.

102. pegar leve＝take it easy＝쉬엄쉬엄 하다, 편하게 하다

(한) 좀 쉬어, 넌 병원에서 막 나왔잖아.

(포) Pega leve, você acabou de sair do hospital.

(영) Take it easy, you just got out of the hospital.

103. perder o controle＝lose control＝컨트롤을 잃다

(한) 나는 술을 너무 많이 마셔서 컨트롤을 잃었다.

(포) Eu bebi demais e perdi o controle.

(영) I drank too much and lost control.

104. pisar na bola＝blow it＝실수하다

　(한) 그는 실수하여 경기에 졌다.

　(포) Ele pisou na bola e perdeu o jogo.

　(영) He blew it and lost the game.

105. pode deixar＝you got it＝놔둬, 내게 맡겨, 알았어

　(한) 놔둬 봐, 내일 아침이면 다 돼.

　(포) Pode deixar, vai estar pronto amanhã de manhã.

　(영) You got it, it'll be ready tomorrow morning.

106. pode ser＝yeah maybe＝그래

　(한) 너 더 마실래?-그래.

　(포) Você quer tomar mais?-Pode ser.

　(영) Do you want another drink?-Yeah maybe.

107. sei lá＝I don't know＝잘 모르겠어.

　(한) 나는 그를 좋아하지 않아 왜냐하면 글쎄 잘 모르겠어, 그는
　내 타입이 아니야.

　(포) Eu não gosto dele porque, sei lá, ele não é meu tipo.

　(영) I don't like him because, I don't know, he's not my type.

108. será que＝do you think＝～일까?

　(한) 비가 올까?

　(포) Será que vai chover?

　(영) Do you think it's going to rain?

109. seria interessante＝it might be a good idea＝흥미로울 것 같다,
좋은 생각일 것 같다.

　(한) 내 생각엔 어쩌면 그걸 먹는 게 좋은 생각일 것 같다.

　(포) Acho que de repente seria interessante comer isso.

　(영) I think maybe it might be a good idea to eat that.

110. sinto muito＝I'm really sorry＝정말로 죄송하다.

　　(한) 정말 죄송하지만 난 당신을 믿을 수 없다.

　　(포) Sinto muito mas não posso acreditar em você.

　　(영) I'm really sorry but I can't believe you.

111. ter certeza＝be sure＝확실하다

　　(한) 확실해?

　　(포) Tem certeza?

　　(영) Are you sure?

112. ter vaga＝There's an opening＝빈자리가 있다

　　(한) 단지 3일에야 과정에 빈자리가 난다.

　　(포) Tem vaga no curso só no dia três.

　　(영) There's an opening on the course on the third only.

113. tirar a roupa＝take off one's clothes＝옷 벗다

　　(한) 그는 화장실로 가서 옷을 벗었다.

　　(포) Ele foi no banheiro e tirou a roupa.

　　(영) He went to the bathroom and took off his clothes.

114. tirar férias＝go on vacation＝휴가를 내다. 휴가를 가다

　　(한) 나는 7월에 휴가 갈 것이다.

　　(포) Vou tirar as férias em julho.

　　(영) I'm going on vacation in July.

115. tirar fotos＝take pictures＝사진 찍다

　　(한) 나는 결혼식 사진을 많이 찍었다.

　　(포) Eu tirei muitas fotos do casamento.

　　(영) I took a lot of pictures of the wedding.

116. tirar sarro＝make fun of someone＝놀리다

　　(한) 그들은 그녀를 놀리기 시작했다.

(포) Eles começaram a tirar sarro dela.

(영) They began to make fun of her.

117. tomar banho=take a bath=목욕하다

(한) 나는 긴장을 풀기 위해 목욕했다.

(포) Eu tomei banho para relaxar.

(영) I took a bath to relax.

118. tomar conta de=take care of=돌보다

(한) 그녀는 그녀의 딸을 돌보면서 집에 있었다.

(포) Ela ficava em casa tomando conta da filha dela.

(영) She stayed home taking care of her daughter.

119. tomar cuidado=be careful=조심하다

(한) 너는 갈 수 있어. 하지만 조심해야만 한다.

(포) Você pode ir mas tem que tomar cuidado.

(영) You can go but you should be careful.

120. tomar parte=take part=참가하다

(한) 나의 아버지도 참가하길 원했기에 오셨다.

(포) Meu pai também veio porque quis tomar parte.

(영) My father also came because he wanted to take part.

121. tomar providências=take measures=조치를 취하다, 대책을 강구하다

(한) 정부는 그것을 예방하기 위해 조치를 취하기로 결정했다.

(포) O governo decidiu tomar providências para prevenir isso.

(영) The government has decided to take measures to prevent that.

122. tomar sol=sunbathe=일광욕을 하다

(한) 그녀는 어제 일광욕을 하며 보냈다.

(포) Ela passou ontem tomando sol.

(영) She spent yesterday sunbathing.

123. tomar um drinque=have a drink=한잔하다

（한）나와 한잔할래요?

(포) Quer tomar um drinque comigo?

(영) Do you want to have a drink with me?

124. tomar uma atitude=take action=태도(조치)를 취하다

（한）그는 아직 어떤 태도도 취하지 않았다.

(포) Ele ainda não tomou uma atitude.

(영) He hasn't taken any action yet.

125. tomar uma decisão=make a decision=결정하다

（한）나는 지금 어려운 결정을 내려야 한다.

(포) Agora tenho que tomar uma decisão difícil.

(영) I have to make a hard decision now.

126. valer a pena=be worth it=가치가 있다

（한）조금 기다릴 가치가 있다고 당신은 생각합니까?

(포) Você acha que vale a pena esperar um pouco?

(영) Do you think it's worth it to wait a little?

127. vamos lá!=let's go=갑시다.

（한）그럼, 가자!

(포) Então, vamos lá!

(영) Well, then, let's go!

128. vamos nessa!=let's do it!=합시다.

（한）좋아, 하자!

(포) Tá bom, vamos nessa!

(영) OK, let's do it!

129. veja só=look at=보아라.

(한) 그녀가 어떤지 잘 봐.

(포) Veja só como ela é.

(영) Look at how she is.

130. vou te contar=I'll tell you=너에게 다 말하겠다. 사실은 이렇다.

(한) 사실은 이래. 그녀는 나의 애인이야.

(포) Vou te contar, ela é minha namorada.

(영) I'll tell you, she is my girlfriend.

2. 형용사·부사·접속사 관련구문 130선

1. a curto(longo) prazo=in the short(long) run=단기(장기)적으로

(한) 그 일은 단기적으로만 행해질 것이라고 생각한다.

(포) Acho que só vai funcionar a curto prazo.

(영) I think it will only work in the short run.

2. a favor de=in someone's favor=~에게 유리하게

(한) 그 결정은 그녀에게 유리하다.

(포) A decisão vai a favor dela.

(영) The decision works in her favor.

3. a maior parte de=most of=~의 대부분, 대다수

(한) 사람들의 대다수가 공부하기로 결정했다.

(포) A maior parte das pessoas resolveu estudar.

(영) Most of the people decided to study.

4. a menos que, a não ser que=unless=~이 아닌 한, ~하지 않는 한

(한) 네가 여기 오지 않는 한 나는 널 도와줄 수 없다.

(포) A não ser que você vier aqui, não posso ajudar você.

(영) Unless you come here I can't help you.

5. a partir de＝starting＝～부터

(한) 내일부터 나는 휴가 간다.

(포) A partir de amanhã vou tirar férias.

(영) Starting tomorrow I'm going on vacation.

6. a respeito de＝with respect to＝～에 관해서는

(한) 돈에 관해서는 난 알고 싶지 않다.

(포) A respeito do dinheiro, eu não quero saber.

(영) With respect to the money, I don't want to know.

7. a sós＝alone＝홀로, 외로이

(한) 우리는 우리끼리 있고 싶다.

(포) A gente quer estar a sós.

(영) We want to be alone.

8. à toa＝for no reason＝아무 이유 없이

(한) 나는 아무 이유 없이 웃고 있다.

(포) Eu estou rindo à toa.

(영) I'm laughing for no reason.

9. a troca de＝in exchange for＝～와 교환으로

(한) 그는 음식과의 교환 조건으로 정원에서 도와주었다.

(포) Ele ajudou no jardim a troca de comida.

(영) He helped in the garden in exchange for food.

10. aconteça o que acontecer＝no matter what happens＝무슨 일이 있어도

(한) 무슨 일이 있어도 나는 돈을 잃지 않을 것이다.

(포) Aconteça o que acontecer eu não vou perder meu dinheiro.

(영) No matter what happens I'm not going to lose my money.

11. ainda pior＝even worse＝더욱 나쁜

(한) 작년의 여행은 더욱 나빴다.

(포) A viagem do ano passado foi ainda pior.

(영) Last year's travel was even worse.

12. além de＝aside from＝~이외에

(한) 월급 이외에 또 다른 문제 있습니까?

(포) Além de seu salário, tem outro problema?

(영) Any other problem, aside from your salary?

13. além disso＝besides that＝그것 이외에

(한) 나는 그것 외에는 아무것도 없다.

(포) Não tenho nada além disso.

(영) I have nothing besides that.

14. alguma vez＝ever＝언젠가

(한) 당신은 언젠가 그녀와 말해본 적 있습니까?

(포) Você já falou com ela alguma vez?

(영) Have you ever spoken to her?

15. aliás＝by the way; actually＝그런데 그건 그렇고; 사실은 정말로

(한) 그건 그렇고 나를 부른 게 너였어?; 그는 나쁘지 않아, 실은 아주 좋아.

(포) Aliás, foi você que me chamou?; Ele não é ruim, aliás, ele é muito legal.

(영) By the way, was it you who called me?; He's not bad, actually he's quite good.

16. ao contrário de＝contrary to＝~와 반대로

(한) 네 생각과는 반대로 그녀는 가난하다.

(포) Ao contrário do que você pensa, ela é pobre.

(영) Contrary to what you think, she is poor.

17. aos poucos=little by little=조금씩, 천천히

(한) 그는 조금씩 좋아졌다.

(포) Ele foi melhor aos poucos.

(영) He was better little by little.

18. apesar de=despite, in spite of=~에도 불구하고

(한) 비에도 불구하고 그는 나갔다.

(포) Ele saiu apesar da chuva.

(영) He went out despite the rain.

19. às pressas=in a hurry=급하게

(한) 오늘 아침 왜 이리 급하니?

(포) Por que você está às pressas esta manhã?

(영) Why are you in a hurry this morning?.

20. às vezes=sometimes, at times=가끔, 때때로

(한) 그는 가끔 당신을 찾아온다.

(포) Às vezes ele vem a visitar você.

(영) He comes to visit you sometimes.

21. assim como=like=~처럼

(한) 나는 브라질에서처럼 아주 늦게 저녁을 먹는다.

(포) Eu janto muito tarde assim como no Brasil.

(영) I eat dinner really late like in Brazil.

22. assim que=as soon as=~하자마자

(한) 집에 도착하자마자 나는 그녀에게 전화했다.

(포) Assim que cheguei em casa, eu liguei para ela.

(영) I called her as soon as I got home.

23. através de＝through＝～을 통하여
　　(한) 나는 한 선생님을 통하여 일자리를 얻었다.
　　(포) Eu consegui o trabalho através de um professor.
　　(영) I got the job through a teacher.

24. cada vez mais＝more and more＝점점 더
　　(한) 그것은 점점 더 비싸지고 있다.
　　(포) Isso está ficando cada vez mais caro.
　　(영) It is gettting more and more expensive.

25. caso＝in case＝～한 경우
　　(한) 당신이 더 늦게 가고자 하는 경우, 우리는 함께 갈 수 있다.
　　(포) Caso você queira ir mais tarde, podemos ir juntos.
　　(영) In case you want to go later, we can go together.

26. cerca de＝about＝대략, 약
　　(한) 약 100명이 있었다.
　　(포) Havia cerca de 100 pessoas.
　　(영) There were about 100 people.

27. claro＝of course＝물론
　　(한) 물론 나는 가지 않을 것이다.
　　(포) Claro que eu não vou.
　　(영) Of course I won't go.

28. com certeza＝for sure＝확실히
　　(한) 그녀는 확실히 간다.
　　(포) Ela vai com certeza.
　　(영) She's going for sure.

29. com relação a＝regarding, with regard to＝～에 관련하여

(한) 그는 그 문제에 관련해서는 아무 말도 하지 않았다.

(포) Ele não falou nada com relação à questão.

(영) He didn't say anything regarding the matter.

30. como se＝as if＝마치 ～인 것처럼

　(한) 그는 나를 모르는 것처럼 나와 얘기했다.

　(포) Ele falou comigo como se ele não me conhecesse.

　(영) He spoke to me as if he didn't know me.

31. contanto que＝as long as＝～하는 한

　(한) 네가 가는 한 나도 갈 것이다.

　(포) Contanto que você vá, eu também vou.

　(영) As long as you're going I'll go too.

32. da mesma maneira＝likewise＝게다가

　(한) 게다가 그는 영어를 안다.

　(포) Da mesma maneira, ele sabe inglês.

　(영) Likewise, he know English.

33. daqui a pouco＝in a little while＝잠시 후에

　(한) 나는 잠시 후에 먹겠다.

　(포) Vou comer daqui a pouco.

　(영) I'm going to eat in a little while.

34. de braços abertos＝with open arms＝두 팔 벌려

　(한) 그들은 나를 두 팔 벌려 맞이했다.

　(포) Eles me receberam de braços abertos.

　(영) They welcomed me with open arms.

35. de fato＝indeed＝사실, 실제로

　(한) 사실 그는 아주 좋은 사람이다.

　(포) De fato, ele é uma pessoa fina.

(영) He is indeed a fine man.

36. de forma que＝so that＝~하기 위해, ~하도록
(한) 나의 가족이 편히 살 수 있도록 난 열심히 일한다.
(포) Eu trabalho duro de forma que minha família possa viver confortável.
(영) I work hard so that my family can live in comfort.

37. de graça＝for free＝무료로, 공짜로
(한) 그는 나에게 핸드폰을 공짜로 주었다.
(포) Ele me deu um celular de graça.
(영) He gave me a phone for free.

38. de jeito nenhum!＝no way!＝절대로 ~하지 않는다.
(한) 나는 그와 함께 가지 않는다. 절대로!
(포) Eu não vou com ele. De jeito nenhum!
(영) I'm not going with him! No way!

39. de modo que＝therefore＝그러므로
(한) 공부할 것이다. 그러므로 시간이 없을 것이다.
(포) Vou estudar, de modo que não vou ter tempo.
(영) I'm going to study, therefore I'm not going to have time.

40. de qualquer jeito＝anyway＝어쨌든
(한) 나는 하고 싶지 않지만 어쨌든 하겠다.
(포) Não quero fazer mas vou fazer de qualquer jeito.
(영) I don't want to do it but I'm going to do it anyway.

41. de repente＝suddenly; maybe＝갑자기; 어쩌면
(한) 갑자기 기온이 떨어졌다.; 잘 모르겠어, 어쩌면 그는 갈 수 있을 거라 생각해.
(포) De repente a temperatura caiu.; Sei lá, acho que de repente

ele pode ir.

(영) The temperature dropped suddenly.; I don't know. I think maybe he can go.

42. de sobra＝spare＝여분의
　　(한) 여분의 동전을 가지고 있습니까?
　　(포) Tem uma moeda de sobra?
　　(영) Do you have a spare coin?

43. de várias formas＝in many different ways＝다양한 형태로
　　(한) 나는 그것을 다양한 형태로 할 수 있다.
　　(포) Eu posso fazer ele de várias formas.
　　(영) I can do it in many different ways.

44. de vez em quando＝once in a while＝가끔, 때때로
　　(한) 나는 가끔 책을 읽는다.
　　(포) Eu leio livros de vez em quando.
　　(영) I read books once in a while.

45. desde que＝as long as; since＝~하는 한; ~한 이래로
　　(한) 내가 브라질에 도착한 이래 나는 어떤 친구도 사귀지 못했다.
　　(포) Desde que cheguei no Brasil não fiz nenhuns amigos.
　　(영) I haven't made any friends since he arrived in Brazil.

46. diferentemente de＝contrary to＝~와 달리
　　(한) 나의 기대와 달리, 그곳은 그리 덥지 않았다.
　　(포) Diferentemente da minha expectativa, não fazia muito calor lá.
　　(영) Contrary to my expectation, it wasn't very warm there.

47. embora＝though＝~에도 불구하고
　　(한) 추웠음에도 불구하고 우리는 공원에 갔다.
　　(포) Embora estivesse frio, fomos ao parque.

(영) Though it was cold, we went to the park.

48. em breve＝coming up＝조만간, 곧
    (한) 조만간 나는 더 재미있는 것들을 가질 것이다.
    (포) Em breve vou ter mais coisas interessantes.
    (영) I have more interesting things coming up.

49. em cima da hora＝at the last minute＝마지막 순간에, 임박해서
    (한) 그는 마지막 순간에 주문을 하였다.
    (포) Ele fez seu pedido em cima da hora.
    (영) He put in his order at the last minute.

50. em geral＝in general＝일반적으로
    (한) 일반적으로 남자가 여자보다 크다.
    (포) Em geral, homens são mais altos do que mulheres.
    (영) In general, men are taller than women.

51. em outras palavras＝in other words＝바꿔 말하면
    (한) 바꿔 말하면 나는 그녀를 사랑한다.
    (포) Em outras palavras, eu amo ela.
    (영) In other words, I love her.

52. em perigo＝in danger＝위험에 직면해서
    (한) 나는 위험에 처해 있었다.
    (포) Eu estava em perigo.
    (영) I was in danger.

53. em primeiro lugar＝first of all＝먼저, 첫째로
    (한) 나는 먼저 너에게 감사하고 싶다.
    (포) Em primeiro lugar, eu quero te agradecer.
    (영) First of all, I want to thank you.

54. em relação a＝in relation to＝～에 관련하여

(한) 그 문제에 관련하여 할 말이 많다.

(포) Tenho muito para falar em relação ao problema.

(영) I have a lot to say in relation to the problem.

55. em seguida=right way, right after=곧바로, 곧이어

(한) 아버지가 내게 전화하고 나서 곧바로 아들이 내게 전화했다.

(포) Meu pai me ligou e meu filho me ligou em seguida.

(영) My father called me and then my son called me right after.

56. em termos de=in terms of=~에 의하여, ~의 점에서

(한) 월급 면에서 그는 어때?

(포) Como ele vai em termos de salário?

(영) How's he doing in terms of salary?

57. em todas as partes=everywhere=어디서든, 어디에서나

(한) 어디에서나 여권을 가지고 다니시오.

(포) Leve seu passaporte em todas as partes.

(영) Carry your passport everywhere.

58. em torno de=around=대략, 약

(한) 나는 6시경에 거기에 갈 것이다.

(포) Vou lá em torno das seis horas.

(영) I'm going there around six o'clock.

59. em vão=in vain=헛되이

(한) 우리 노력은 모두 허사였다.

(포) Fizemos tudo em vão.

(영) All our efforts were in vain.

60. em vez de=instead of=~대신에

(한) 그가 그녀 대신에 갈 것이다.

(포) Ele vai em vez dela.

(영) He's going instead of her.

61. enfim＝anyway＝어쨌든
   (한) 그녀는 예쁘지 않다만 어쨌든……
   (포) Ela não é linda, mas enfim……
   (영) She's not beautiful but anyway……

62. enquanto＝while＝〜하는 동안
   (한) 네가 고기를 준비하는 동안 난 담배를 피겠다.
   (포) Vou fumar enquanto você prepara a carne.
   (영) I'll smoke while you prepare the meat.

63. enquanto isso＝meanwhile＝그동안, 한편
   (한) 한편 나는 아버지와 은행에 있었다.
   (포) Enquanto isso, eu estava no banco com meu pai.
   (영) Meanwhile, I was at the bank with my father.

64. esteja onde estiver＝no matter where one is＝어디에 있더라도
   (한) 네가 어디 있든 간에 너를 생각하며 있겠다.
   (포) Esteja onde estiver, vou estar pensando em você.
   (영) No matter where you are, I'll be thinking of you.

65. fora de ordem＝out of order＝순서가 뒤바뀌어
   (한) 파일들이 순서가 뒤바뀌어 있다.
   (포) Os arquivos estão fora de ordem.
   (영) The files are out of order.

66. fora do alcance＝out of reach＝손이(힘이) 닿지 않는
   (한) 열쇠는 애들 손 닿지 않는 곳에 있다.
   (포) A chave está fora do alcance das crianças.
   (영) The key is out of reach of the children.

67. haja o que houver＝no matter what＝무슨 일이 있어도

(한) 무슨 일이 있어도 나는 너와 함께 여기 있겠다.

(포) Haja o que houver eu estou aqui com você.

(영) No matter what I'm here with you.

68. independentemente de＝regardless of＝〜에 관계없이

(한) 그의 돈에 관계없이 난 그를 좋아한다.

(포) Eu gosto dele independentemente do dinheiro dele.

(영) I like him regardless of his money.

69. infelizmente＝unfortunately＝불행히도

(한) 난 거의 끝냈으나 불행히도 시간이 다되었다.

(포) Quase terminei, mas infelizmente o tempo acabou.

(영) I almost finished, but unfortunately time ran out.

70. isto é＝that is＝즉 말하자면

(한) 즉 그는 술 마시기를 원치 않았다.

(포) Isto é, ele nunca quis beber.

(영) That is, he never wanted to drink.

71. já que＝since＝〜이므로, 〜한 이상

(한) 네가 부엌에 있으니까 맥주 좀 가져다줄래?

(포) Já que está na cozinha, você pode trazer uma cerveja?

(영) Since you're in the kitchen, could you bring a beer?

72. logo depois＝right after＝바로 다음에

(한) 그녀는 저녁 먹고 바로 나갔다.

(포) Ela saiu logo depois de jantar.

(영) She went out right after dinner.

73. logo que＝once＝일단 〜하면, 〜하자마자

(한) 일단 준비되면 나는 새 집으로 이사할 것이다.

(포) Logo que estiver pronto, vou mudar para uma casa nova.

(영) Once it's ready I'll move into a new house.

74. na época＝at the time＝그때는

(한) 지금은 맛있는데 그때는 몰랐었다.

(포) Agora está gostoso mas não sabia na época.

(영) Now it's delicious but he didn't know at the time.

75. na hora＝right away＝곧바로

(한) 그는 곧바로 한다.

(포) Ele faz na hora.

(영) He does it right away.

76. na prática＝in practice＝실제로

(한) 그 구상은 실제로는 잘 이루어지지 않았다.

(포) Na prática, a idéia não funcionou.

(영) Tha idea did not work in practice.

77. na verdade＝actually＝사실은

(한) 사실 난 컴퓨터를 사용할 줄 모른다.

(포) Na verdade, não sei usar o computador.

(영) Actually, I don't know how to use the computer.

78. na volta＝on the way back＝돌아오는 길에

(한) 난 돌아오는 길에 그녀를 만났다.

(포) Encontrei ela na volta.

(영) I met her on the way back.

79. naquela época＝in those days＝그 당시에는

(한) 그 당시에는 TV가 없었다.

(포) Naquela época não tinha televisão.

(영) In those days there were no television.

80. nem um pouco＝at all＝조금도, 전혀

(한) 나는 조금도 그를 좋아하지 않았다.

(포) Não gostei dele nem um pouco.

(영) I didn't like him at all.

81. nesse caso＝in that case＝그럴 경우

(한) 그럴 경우 당신은 다음 주에 모이길 원하나요?

(포) Nesse caso, você quer combinar para a semana que vem?

(영) In that case, do you want to get together next week?

82. no começo＝at the beginning＝처음에

(한) 그녀는 처음에 날 좋아하지 않았다.

(포) Ela não gostou de mim no começo.

(영) She didn't like me at the beginning.

83. no entanto＝however＝그러나, 하지만

(한) 그러나 한국인은 다른 음식을 가지고 있다.

(포) Os coreanos, no entanto, têm comidas diferentes.

(영) The Korean, however, have different foods.

84. no fim＝in the end＝마침내, 마지막에는

(한) 마침내 모두 잘 되었다.

(포) No fim tudo deu certo.

(영) In the end it all worked out.

85. no fim das contas＝at the end of the day＝결국, 최후에는

(한) 결국 네가 이겼다.

(포) No fim das contas você ganhou.

(영) At the end of the day you won.

86. no fundo＝deep down＝본심은, 마음속으로는

(한) 그녀는 그를 본심으로는 좋아한다.

(포) No fundo ela gosta dele.

(영) Deep down she likes him.

87. no início=at first=처음에는, 최초에는

　　(한) 처음에는 쉬웠다.

　　(포) No início foi fácil.

　　(영) It was easy at first.

88. no meio de=in the middle of=~의 중앙에

　　(한) 나는 모든 것의 중앙에 있다.

　　(포) Estou no meio de tudo.

　　(영) I'm in the middle of it all.

89. nos mais dia menos dia=sooner or later=조만간

　　(한) 조만간 당신은 선택해야 한다.

　　(포) Nos mais dia menos dia, você tem que escolher.

　　(영) Sooner or later you have to choose.

90. ou seja=in other words=즉 바꿔 말하면

　　(한) 그는 돈이 없다. 즉 그는 우리와 함께 가지 못한다.

　　(포) Ele não tem dinheiro, ou seja ele não vai conosco.

　　(영) He doesn't have money, in other words he's not going with us.

91. pelo contrário=on the contrary=그와는 반대로, 오히려

　　(한) 나는 불평하지 않았다. 오히려 좋아하기까지 했다.

　　(포) Eu não reclamei. Pelo contrário, eu até gostei.

　　(영) I didn't complain. On the contrary, I even liked it.

92. pelo jeito=apparently=보기에, 외관상으로는

　　(한) 그는 보기에 신사인 것 같다.

　　(포) Pelo jeito, ele é um cavalheiro.

　　(영) He is apparently a gentleman.

93. pelo menos=at least=적어도

(한) 난 지금 돈이 없지만 적어도 음식은 있다.

(포) Agora não tenho dinheiro, mas pelo menos tenho comida.

(영) I don't have money now, but at least I have food.

94. por causa de=because of=~때문에

(한) 나는 비 때문에 나가지 않았다.

(포) Não saí por causa da chuva.

(영) I didn't go out because of the rain.

95. por coincidência=by coincidence=우연의 일치로

(한) 우연의 일치로 그녀 역시 뽀르뚜알레그리 출신이다.

(포) Por coincidência ela também é de Porto Alegre.

(영) By coincidence she's from Porto Alegre, too.

96. por engano=by mistake=실수로

(한) 나는 실수로 그에게 그 돈을 주었다.

(포) Eu dei o dinheiro para ele por engano.

(영) I gave him the money by mistake.

97. por enquanto=for now=당분간, 현재로는

(한) 현재로는 계획이 없다.

(포) Por enquanto, não temos plano.

(영) For now, we have no plan.

98. por exemplo=for example=예를 들면

(한) 예를 들면 나는 브라질 음식을 좋아한다.

(포) Eu gosto de comida brasileira, por exemplo.

(영) I like Brazilian food, for example.

99. por falar em=speaking of=~에 관해서 말하면

(한) 영화에 관해 말하자면, 당신은 '브레이브하트'를 봤습니까?

(포) Por falar em filmes, você viu 'Coração valente'?

(영) Speaking of movies, have you seen 'Brave heart'?

100. por isso=that's why=그래서

(한) 그래서 나는 친구가 많다.

(포) Por isso eu tenho muitos amigos.

(영) That's why I have many friends.

101. por mais que = no matter how much = 아무리 많이 ~하더라도

(한) 그가 아무리 많이 시도하더라도 이루지 못할 것이다.

(포) Por mais que ele tente, não vai conseguir.

(영) No matter how much he tries, he's not going to make it.

102. por meio de=by way of=~을 거쳐서, ~에 의하여

(한) 그들은 제스처에 의해 의사소통 한다.

(포) Eles se comunicam por meio de gestos.

(영) They communicate by way of gestures.

103. por mim=as far as I'm concerned=나로서는

(한) 나로서는 좋다.

(포) Por mim, tudo bem.

(영) It's OK as far as I'm concerned.

104. por nada=for no reason=그냥, 아무 이유 없이

(한) 너 왜 내게 전화했니? - 그냥.

(포) Por que você me ligou? - Por nada.

(영) Why did you call me? - For no reason.

105. por outro lado, por sua vez=on the other hand=다른 한편으로는, 반면에

(한) 다른 한편으로는 자는 편이 나을 것이다.

(포) Por outro lado, seria melhor dormir.

(영) On the other hand, it would be better to sleep.

106. por várias vezes=again and again=여러 번, 되풀이해서
　　(한) 여러 번 나는 그녀에게 조용히 하라고 말했다.
　　(포) Por várias vezes eu disse para ela ficar quieta.
　　(영) I told her again and again to be quiet.

107. quando você quiser=whenever you want=네가 원할 때 언제든지
　　(한) 네가 원할 때 언제든지 내게 전화해도 좋다.
　　(포) Pode me ligar quando você quiser.
　　(영) You can call me whenever you want.

108. quantas vezes quiser=as many times as you want=네가 원하면 몇 번이든지
　　(한) 네가 원하면 몇 번이든 시도해도 좋다.
　　(포) Você pode tentar quantas vezes quiser.
　　(영) You can try as many times as you want.

109. quanto antes=as soon as possible=가능한 빨리
　　(한) 나는 가능한 빨리 시작하고 싶다.
　　(포) Quero começar quanto antes.
　　(영) I want to start as soon as possible.

110. quanto mais(menos)=the more(the less)=더(덜) ~할수록
　　(한) 네가 더 일할수록 더 번다.
　　(포) Quanto mais você trabalha, mais dinheiro tem.
　　(영) The more you work, the more money you have.

111. quanto você quiser=as much as you want=네가 원하는 양만큼 얼마든지
　　(한) 네가 원하는 양만큼 마셔도 좋다.
　　(포) Pode beber quanto você quiser.
　　(영) You can drink as much as you want.

112. quantos você quiser=as many as you want=네가 원하는 수만큼 얼마든지

(한) 네가 원하는 만큼 사탕을 가져라.

(포) Pegue quantas balas você quiser.

(영) Take as many candies as you want.

113. quem você quiser=whoever you wants=원하는 사람이면 누구든

(한) 당신이 원하는 사람이면 누구와도 연애할 수 있습니까?

(포) Você pode namorar quem você quiser?

(영) Can you go out with whoever you wants?

114. se por acaso=if by chance=혹시

(한) 혹시 그녀가 들르면 내가 더 늦게 도착할 거라고 말해줘.

(포) Se por acaso ela passar, fale para ela que vou chegar mais tarde.

(영) If by chance she comes by tell her that I'm going to arrive later.

115. se preferir=if you prefer=(그걸 더) 원하면, 선호하면

(한) 원하면 우리는 내일 해도 된다.

(포) Se preferir podemos continuar amanhã.

(영) If you prefer we can do this tomorrow.

116. se quiser=if you like=원하면, 그렇게 하고 싶으면

(한) 그렇게 하고 싶으면 베뚜라고 불러도 된다.

(포) Pode me chamar de Beto, se quiser.

(영) You can call me 'Beto' if you like.

117. segundo=according to=~에 의하면, ~에 따르면

(한) 그녀가 오늘 말한 것에 의하면 내일 비가 올 것이다.

(포) Segundo o que ela falou hoje, amanhã vai chover.

(영) According to what she said today, it is going to rain tomorrow.

118. seja quem for＝no matter who they are＝누구든지, 누구라도
    (한) 누구든지 들여보내지 마십시오.
    (포) Não deixe ninguém entrar seja quem for.
    (영) Don't let anyone in no matter who they are.

119. sem comentários＝no comment
    (한) 당신은 내 헤어스타일이 맘에 듭니까? – 노코멘트.
    (포) Você gosta do meu penteado? – Sem comentários.
    (영) Do you like my hairstyle? – No comment.

120. sem compromisso＝with no obligation＝약속 없이, 의무감 없이
    (한) 한번 시도해 봐도 될까요?
    (포) Posso experimentar sem compromisso?
    (영) Can I try it out with no obligation?

121. sem dúvida＝for sure＝확실히, 의심할 여지없이
    (한) 모두가 확실히 안다.
    (포) Todo mundo sabe sem dúvida.
    (영) Everyone knows for sure.

122. sem estresse＝stress－free＝스트레스 없는
    (한) 나는 스트레스 없는 주말을 보내고 싶다.
    (포) Quero passar um final de semana sem estresse.
    (영) I want to have a stress－free weekend.

123. sem exceção＝without exception＝예외 없이
    (한) 예외 없이 모두 학교에 가야만 한다.
    (포) Todos, sem exceção, devem ir à escola.
    (영) All of them, without exception, must go to school.

124. sem problema＝no problem＝ 문제없이

(한) 나는 이 일을 문제없이 해결했다.

(포) Eu resolvi este trabalho sem problema.

(영) I solved this job no problem.

125. sempre que＝whenever＝ ～할 때마다

(한) 나갈 때마다 그는 나를 부른다.

(포) Sempre que saia, ele me chama.

(영) Whenever he goes out, he calls me.

126. sob controle＝under control＝통제하에

(한) 모든 것이 통제하에 있다.

(포) Está tudo sob controle.

(영) Everything is under control.

127. tal como＝such as＝ ～와 같은

(한) 그는 펜과 티셔츠 같은 판촉용품을 디자인한다.

(포) Ele desenha os produtos promocionais, tais como canetas e camisetas.

(영) He designs promotional products, such as pens and T-shirts.

128. um monte de＝a bunch of＝엄청 많은

(한) 1년 전에 나는 엄청 많은 책을 샀다.

(포) Há um ano atrás comprei um monte de livros.

(영) A year ago I bought a bunch of books.

129. um pouco de＝a little＝조금

(한) 조금 연습하면 그는 일을 더 잘할 수 있다.

(포) Com um pouco de prática ele pode trabalhar melhor.

(영) With a little practice he can work better.

130. uma vez que＝once＝한번(일단) ～하면

(한) 네가 일단 결정을 했다면 더 쉽다.

(포) Uma vez que você tomou uma decisão, fica mais fácil.

(영) Once you've made a decision, it's easier.

3. 기타 주요 구문 40선

1. chega de＝no more＝더 이상 ～하지 않다. 이제 그만!

(한) 싸움은 이제 그만!

(포) Chega de briga!

(영) No more fighting!

2. como assim?＝what do you mean?＝무슨 뜻이지?

(한) 그가 차가 없다는 게 무슨 뜻이지?

(포) Como assim ele não tem carro?

(영) What do you mean he doesn't have any car?

3. dá um tempo!＝give me a break!＝시간을 좀 줘! 너무 그러지 마!

(한) 시간을 좀 줘! 지금은 내가 돈이 없어.

(포) Dá um tempo! Agora não tenho dinheiro.

(영) Give me a break! I have no money now.

4. e aí?＝what's up?; so……＝(만났을 때) 안녕; 그래서

(한) 안녕, 빠울루? 잘 지내?; 그래서, 그가 그녀를 좋아했어?

(포) E aí, Paulo? Tudo bem?; E aí? Ele gostou dela?

(영) What's up, Paulo? How are you doing?; So……did he like her?

5. e daí?＝so what?＝그래서 뭐? 그게 어쨌다는 거야?

(한) 어, 나는 강아지 다섯 마리를 가지고 있어. 그게 뭐?

(포) É, eu tenho cinco cachorros, e daí?

(영) Yeah, I have five dogs, so what?

6. então tá＝OK, then＝(좋아, 알았어) 그럼

(한) 그럼, 내일 전화하죠.

(포) Então tá, eu te ligo amanhã.

(영) OK then, I'll call you tomorrow.

7. fique com Deus＝God bless＝(신의) 축복 있기를!

(한) (밤에 헤어질 때) 안녕히 계세요 혹은 안녕히 주무십시오, 축복 받으세요.

(포) Boa noite e fique com Deus.

(영) Good night and God bless.

8. graças a Deus＝thank God＝신의 은총 덕분에, 고맙게도

(한) 신의 은총으로 나는 시험에 합격했다.

(포) Eu passei no exame, graças a Deus.

(영) I passed the exam, thank God.

9. isso mesmo＝exactly＝바로 그거야!

(한) 바로 그거야, 그녀는 아무것도 안 해.

(포) Isso mesmo, ela não faz nada.

(영) Exactly, she doesn't do anything.

10. juízo＝be good＝(어머니가 아이에게) 다녀와!, 얌전히 있어!

(한) 잘 다녀와, 응?

(포) Juízo, hein?

(영) Be good, OK?

11. nossa!＝wow!＝야!, 와!

(한) 야! 무지 덥다!

(포) Nossa! Que calor!

(영) Wow! It's hot!

12. olha só=how about that=이것 봐라! (놀람) 그거야! (칭찬) 잘 했어!

   (한) 이것 봐라, 흥미로운데!

   (포) Olha só…… que interessante!

   (영) How about that…… how interesting!

13. pelo amor de Deus=for God's sake!=제발!

   (한) TV 좀 꺼, 제발!

   (포) Desligue a televisão, pelo amos de Deus!

   (영) Turn off the television, for God's sake!

14. pois é=yeah=그러게

   (한) 그러게, 넌 미쳤음에 틀림없어!

   (포) Pois é, você deve ser louco!

   (영) Yeah, you must be crazy!

15. pois não=yes, of course; can I help you?=물론이죠; 무얼 도와 드릴까요?

   (한) 물론이죠, 그는 내일 당신에게 전화할 수 있어요.; 무얼 도와 드릴까요?

   (포) Pois não, ele pode ligar para você amanhã.; Pois não?

   (영) Yes, of course, he can call you tomorrow.; Can I help you?

16. que barato(caro)!=how cheap(expensive)!=아주 싸(비싸)!

   (한) 1달러요? 아주 싸네요!

   (포) Um dólar? Que barato!

   (영) One dollar? How cheap!

17. que bom que=I'm glad=~해서 아주 좋다.

(한) 네가 여기 와서 아주 좋다.

(포) Que bom que você veio aqui.

(영) I'm glad you came here.

18. que bom!＝that's great!＝좋았어! 잘됐어!

(한) 네가 이겼어? 좋았어!

(포) Você ganhou? Que bom!

(영) Did you win? That's great!

19. que chato!＝how boring!；what a bummer!＝지겨워! 지루해!；
짜증나! 귀찮아!

(한) 비가 또 온다. 아 지겨워!；그는 짜증나는 인간이다.

(포) Está chovendo de novo. Que chato!；Ele é um chato.

(영) It's raining again. How boring!；He's a bummer.

20. que coisa!＝isn't that something＝이런! 뭐야!

(한) 뭐야, 그는 돈도 안 냈어.

(포) Que coisa! Ele nem pagou.

(영) Isn't that something…… he didn't even pay.

21. que demora!＝it's taking so long!＝너무 오래 걸려!

(한) 와, 왜 이리 오래 걸려!

(포) Nossa, que demora!

(영) Wow, it's taking so long!

22. que emoção!＝how exciting!＝감동이야! 흥분돼!

(한) 내 애기를 만날 거야. 흥분돼!

(포) Eu vou conhecer o meu bebê. Que emoção!

(영) I'm going to meet my baby. How exciting!

23. que engraçado!＝how funny!＝우스워! 웃겨!

(한) 우습네! 오늘이 내 생일이란 것도 잊었으니.

(포) Que engraçado! Eu esqueci que hoje é o meu aniversário.

(영) How funny! I forgot today's my birthday.

24. que estranho!＝how strange!＝이상해!

(한) 그가 오늘은 그녀와 함께 오지 않았어. 이상한데!

(포) Ele não veio com ela hoje. Que estranho!

(영) He didn't come with her today. How strange!

25. que foi?＝what's wrong?＝무슨 일이야?

(한) 무슨 일이야? 괜찮아?

(포) Que foi? Você está bem?

(영) What's wrong? Are you OK?

26. que gracinha!＝how cute!＝귀여워!

(한) 애기 네 딸이야? 아이 귀여워!

(포) Essa é sua filha? Que gracinha!

(영) That's your daughter? How cute!

27. que inveja!＝I'm so jealous!＝질투나!

(한) 아이 샘 나! 너 시험에 통과했어?

(포) Que inveja! Você passou no exame?

(영) I'm so jealous! Did you pass the exam?

28. que legal!＝that's great!＝좋았어! 잘됐어!

(한) 잘됐어! 결국 그를 만났구나.

(포) Que legal! Finalmente você encontrou ele.

(영) Great, finally you met him.

29. que pena!＝too bad＝안 됐어! 유감이야!

(한) 네가 올 수 없다니 섭섭하다.

(포) Que pena que você não possa vir.

(영) Too bad you can't come.

30. que sacanagem! = that's mean! = 못된 짓이야! 나빠!

(한) 나빠! 그녀는 내게 전화도 안 했어.

(포) Que sacanagem! Ela nem me ligou.

(영) That's mean! She didn't even call me!

31. que saudades! = I miss you!; I miss that so much! = 그리워!

(한) 보고 싶어! 어떻게 지내?; 슈하스꾸! 먹고 싶어!

(포) Que saudades! Como você está?; Churrasco! Que saudades!

(영) I miss you! How are you?; Churrasco! I miss that so much!

32. que sorte! = how lucky! = 행운이야! 다행이야!

(한) 너는 그녀와 함께 여행가니? 행운이군!

(포) Você vai viajar com ela? Que sorte!

(영) Are you going to travel with her? How lucky!

33. que vergonha! = how embarrassing! = 창피해! 난처해!

(한) 너 다 봤어? 아이 창피해!

(포) Você viu tudo? Que vergonha!

(영) Have you seen everything? How embarrassing!

34. se Deus quiser = God willing = 신이(사정이) 허락한다면

(한) 사정이 되면 우리 다시 만나자.

(포) A gente se vê de novo, se Deus quiser.

(영) We get together again, God willing.

35. tá bom?, tá legal? = OK? = 알았지? 괜찮지? 좋지?

(한) 다음에 전화할게, 알았지?

(포) Eu te ligo depois, tá bom?

(영) I'll call you later, OK?

36. tanto faz = it doesn't matter = 아무래도 좋다. 아무 상관없다.

(한) 그가 여기서 자든지 나가든지 아무래도 좋다.

(포) Tanto faz se ele dorme aqui ou vai embora.

(영) It doesn't matter if he sleeps here or leaves.

37. tipo o quê?＝like what?＝어떤 건데?

(한) 그녀는 어떤 문제를 가지고 있어. - 어떤 건데?

(포) Ela está com problemas. - Tipo o quê?

(영) She have some problems. - Like what?

38. tudo bem＝OK＝좋아.

(한) 좋아, 너랑 같이 갈 수 있어.

(포) Tudo bem, eu posso ir contigo.

(영) OK, I can go with you.

39. você acha?＝do you think so?＝그렇게 생각해?

(한) 그녀는 아주 예뻐. - 넌 그렇게 생각해?

(포) Ela é muito bonita. - Você acha?

(영) She's very pretty. - Do you think so?

40. você que sabe＝it's up to you＝선택은 네게 달렸어. 네 맘대로 해.

(한) 우리 어디서 먹지? - 네 맘대로 해.

(포) Onde a gente come? - Você que sabe.

(영) When do we eat? - It's up to you.

· 저자 ·

김한철
(金翰徹)

· 약 력 ·

브라질 히우그란지두술 연방대학교(UFRGS) 언어학박사

현) 한국외국어대학교 포르투갈(브라질)어과 강사
한국외국어대학교 중남미연구소 초빙연구원
한국 포르투갈-브라질 학회 총무간사

· 주요논저 ·

「Aquisição do artigo definido em português como segunda língua por aprendizes coreanos」(박사학위논문, 2005)
「A consideração da cultura no ensino de língua estrangeira」
「Estudo sobre a função do artigo definido no português do Brasil」
「O processo do ensino e da aprendizagem de L2 ou LE e a melhor avaliação」
「Comparação da aquisição do artigo definido diante de possessivos e de antropônimos em português considerando a variação」
「Análise da gramática no livro didático de português para estrangeiros-Avenida Brasil」
「포어의 변이와 브라질 사회의 다양성」
「관사의 습득과 모국어의 역할에 대한 연구」
「한국인의 포르투갈어 정관사 습득-관사 사용특징과 전치사의 역할」
「문법교육에서 언어 간 차이의 고려」
『뉴밀레니엄 브라질어 회화』
외 다수

실용 브라질어 표현

• 초판 인쇄	2008년 1월 31일
• 초판 발행	2008년 1월 31일
• 지 은 이	김한철
• 펴 낸 이	채종준
• 펴 낸 곳	한국학술정보㈜
	경기도 파주시 교하읍 문발리 513-5
	파주출판문화정보산업단지
	전화 031) 908－3181(대표) · 팩스 031) 908－3189
	홈페이지 http://www.kstudy.com
	e－mail(출판사업부) publish@kstudy.com
• 등 록	제일산－115호(2000. 6. 19)
• 가 격	19,000원

ISBN 978-89-534-8121-3 93890 (Paper Book)
      978-89-534-8122-0 98890 (e－Book)